雪蟷螂

紅玉いづき
KOUGYOKU IDUKI

Illustration 岩城拓郎

もくじ

プロローグ	白い絶望	11
第一章	蛮族の戦うた	21
第二章	蟷螂の婚礼	41
第三章	狂人の現神	59
第四章	盟約の魔女	113
第五章	魔女のはなむけ	143
第六章	氷下の追憶	156
第七章	永遠の欠片	217
第八章	窒城の弔い	235
第九章	絶冬の花嫁	257
エピローグ	美しき春	285

Designed by YOSHIHIKO KAMABE

雪蟷螂

紅玉いづき
イラスト◎岩城拓郎

プロローグ 白い絶望

その地では、絶望は白い色をしている。

天より降るものは雪ではなかった。ガラス片よりこまやかな雪氷の嵐だった。地へと落ちるばかりでなく、強い風にあおられて、時に地から天へと吹き上がる。

その土地を、アルスバント山脈の中でも特に寒さの厳しい凍土の山間を、一人の少年が足を引きずるように歩いている。毛布を幾重にもまとったような、ぼろぼろの防寒具である。手袋の先が破れた指は、赤さを通り越してもう黒ずんでいた。

うつろな瞳の弱々しい光が果てのない天を仰いだ。白い地獄だと少年は思った。白い大地がわずかな光を映し、夜さえ白いこの地では、この白さこそが闇だと少年は思った。

少年は山脈の大地と同じように、受け継がれる長い長い戦に疲れ果てていた。一際強い風が彼をなぶり、膝が折れた。剣山のような凍土に倒れ込む。頭が重く、視界が揺らいだ。もう駄目だと彼は思った。もう、眠ってしまいたかった。まぼろしの中で母の名を呼んだ。呼んだつもりになっただけで、母の名も父の声も、記憶からこぼれ落ちていくばかりだった。

最後に見た母の姿は、自分に刃を向けたそれ。思うことはただひとつ。

——どうして、殺してくれなかったの。

自分の衣服の奥にあるかすかな残り香だけが、記憶よりも確かに、誰かに抱きしめられたこ

とがあるのだと教えていた。その教えさえ、今はもうなにも意味がなかった。潰れかけた両目のまぶたの傷がまだ真新しく熱をもっていて、目を開くことも、閉じることも苦痛だった。

細い笛の音のような風に交じり、動物の蹄の音がした。けれどもそれが幻聴であるのかどうかさえ、少年にはわからなかった。

氷片を踏む独特の音がしている。

生きても地獄、死しても地獄なら、一瞬でも早く楽になりたかった。

視界の先に、小さな防寒靴のつま先を見た。はじめの一時、氷雪の嵐が止んだようだ。それゆえ、冷え切った空気を叩く声があまりに鮮明に聞こえた。

「生きているか」

驚くことに、それは少女の声だった。どれだけ硬く凍としても、震えてうるむ声は幼かった。生きているのか死んでいるのか、少年自身にもどちらであるかわからなかったが、その声が一体どのように作用したのか、彼の手首が痙攣するようにかすかに動いた。濁った視界には茶色い靴の先しか見えない。そしてそれさえも、金属のように重いまぶたに阻まれようとしていた。

「顔を上げなさい」

天から降る声は高圧的だった。しかしそれも、まほろばの鐘の音のようだった。——眠りた

い。思考がゆっくりと白く染まっていく。

「聞こえないの。顔を、上げなさいと、言った！」

突然だった。小さな手に胸ぐらをつかまれ、上体を引きずり上げられて、少年はのけぞるように顔を上げ、細い細い瞳を開いた。

「あと、百歩進めば助かる。立ちなさい。立って、歩きなさい」

声は、少年よりもまだ幼い、少女のもの。

薄く白い視界に、赤い唇が見えた。やわらかく曲線を描くあごの形も。少女は背後に停められた雪馬車から降りてきたのだろうようで、少女がひとり乗っていたわけでもないだろうが、少年を乗せる意思は見て取れなかった。

苦しみに対してさし伸べられた救いの手では、決してなかった。な手で少年の首元を強く、強くつかみ、それより強い言葉を放つ。

「立って、生きなさい」

鈴の音よりもっと鋭い、研磨された剣を打ちあうような、声。

けれども少年は、閉じかけた瞳で声は出さず、唇だけを動かした。

「――いや、だ」

もう、いやだ、と囁いた。

「眠らせて」

安らぎが欲しかった。飢えも凍えも、もうまっぴらだった。生きることこそ苦しみだった。

ただ、楽になりたかった。

少女が己の唇を噛める気配がした。憤るように苛立ち、見限るように手を離した。頬が再び地に落ち、少年が痛みを感じた次の瞬間、もう一度引きずり上げられ、死した獣の毛のような灰の髪をつかまれた。

そして、少年ははじめて少女の瞳を目にする。

間近で深く、燃える。

それは蒼い炎だと彼は思った。思った、時だった。

噛みつくように唇を奪われた。相手の赤さに、熱を感じた。

液状化した炎を嚥下するイメージ。喉が灼け、思わず彼は凍土に手をついて激しくむせた。

灼けた喉に冷気が爪を立てていく。

白い大地に散ったのは、彼の唾と茶色い液体。——醸造されたアルコールだと、すぐにわかった。覚えのある味だった。体内から暖を取る手段として、酒は常套である。口移しで飲まされたそれと、混じり合って雪原に散る斑点。

赤い血は、命の色。

痛みもまた、生の証だ。

少年は鉄の錆びた赤いにおいを嚙みしめながら、光の戻った瞳で少女を見上げた。傷のあるまぶたの奥にひそむ、少年の瞳は黒かった。

果実のような唇から、濃く痺れる酒を流し込み、少年の唇の端を嚙み切ったその少女が、異常者であるとは、少年は思わなかった。

(雪蟷螂━━……)

アルスバントの山脈に点在する部族の中でも、美しい銀の髪を風に流して口を開いた。愛するものさえ嚙み殺すとされる激情を持つ彼女達のことを、人々は畏れを込めて″雪蟷螂″と呼んだ。

そして小さな雪蟷螂の少女は外套を脱ぎ取ると、双頭のひとつ。フェルビエの女には異名があ

「目を覚まし、そして立て。その熱が命、その血こそがフェルビエの宝である。生きて剣を持て、誇り高き雪蟷螂。絶望にその血を凍らせてはならない」

それは、ただの儀礼句だった。フェルビエの民が戦に向かう前、その族長が朗々と叫ぶ、戦士の言葉。

儀礼句はまるで、年端もいかない少女の口から流れるにはあまりに不似合いであるのに。聞き飽きた

「絶望にその血を凍らせてはならない」

少女の舌が、その唇をなめる。

少年の血をなめ取るような仕草。幼い少女であるのに、あまりに、鮮烈な。

酒がめぐり、わき上がる熱と感情の名を少年は知らない。生まれてこのかた、感じたこともない。

ただ己の血の味を強く、強く覚えた。

無意識に、伸ばした手はもう取られなかった。

「私はアルテシア」

救いの手の代わりに、少女はひとつ、名前を告げた。

「私はフェルビエのアルテシア。絶望に血が凍る時、私の名を思い出しなさい。憎むべきは私の名である。生きる道さえないと言うなら、いつかこの命、奪いにきてもかまわない」

顔を上げ、立ち上がり、そして歩き出し、

いつか自分を殺しにこいと少女は言った。

「ただし、むざには渡さない。この熱、この命を。奪いにくるのなら、相応の男になっていろ。二度と私の前に無様な姿を晒すことは許さない」

生きる理由が欲しいなら。

私がやろうと、彼女は笑った。

「お前の名は覚えない。……お前が私を、覚えていろ」

そうして雪馬車へと戻っていく彼女の小さな背中に、少年ははじめて強い焦燥を覚えた。

感覚の消えかけた膝をつき、氷の結晶が肌を裂くのもかまわずに、震えながら立ち上がる。

あたかもそれは、生まれ落ちたばかりの獣の赤子のようだった。それがすなわち、彼女の口づけの味でもあった。

強く唇を嚙めば、また血の味が広がった。

フェルビエのアルテシア。

その名ひとつを心に灼いて、彼は、生をたどる一歩を踏み出した。

アルスバント歴三百四十七年。

三十年の長きに渡った、氷血戦争停戦の年である。

第一章　蛮族の戦うた

　アルスバント山脈の民は古い民である。雪氷の覆う山地には、集落をもてるほどの土地は多くない。しかしその限られた土地に、独自の文化を持つ部族がいくつも点在している。過酷な極寒を幾度も越えて来たためか、彼らの気性は総じて荒い。
　争いが起こる時、獣を狩るための刃は、いともたやすく人をも狩る。
　人とて獣であることを確かめるかのように。
　時と季節が循環するように、山が雪と氷のヴェールに包まれる時節、山脈の片隅で、二つの部族が刃を合わせていた。
「退くな！　一歩たりとて退くことは許さぬ!!」
　強く吹きすさぶ冷たい風の中、先頭で声を張り上げるのは片方の部族の長。私的な怨みを発端とする両族の諍いは、冬の到来とともに死力戦へと突入していた。どちらの部族も少数であったこともまた、止めるものの不在につながった。
　今は天から飛来するものはないが、凍土にはもう白い根雪が積まれている。
　争う人々には革と鋼の防具と刃。
　山脈の風がその息を鎮めれば、降りそそぐのは雪氷でなく木と鋼の矢尻だった。
　人は倒れ、山脈に血が落ちる。
　赤い血は雪に散り、その上からまた白い天の使者がおりるだろう。
　しかし春の訪れとともにまた山脈の大地を穢す。

死は虚しさと沈黙。しかし人の血は生の証として、戦うものに興奮をもたらす。刃を持つ人は皆、我を忘れていた。それはある種の幸福でさえあっただろう。

両族の長が刃をあわせ、その命を賭けようとしていた、その時だった。

動乱に水を差す高らかな音がした。

張り詰めた獣の皮を叩く音楽。そして戦の地に、両族どちらの装束でもない戦士がおり立つ。

「何者——！」

闖入者である戦士達は驚くほどの手練れだった。両族の武器を散らし、殺さぬよう雪の大地に叩きつける。

かすむ視界には、彼らの部族の紋章が見えない。

けれどそれよりもはっきりと、戦士達はその獲物でもって出自を明らかにしていた。それぞれが持つ、一対の二刀によって。

奥からひとりの戦士が躍り出る。

まだ剣をあわせたままの両族長のもとへ、迷いなく向かってきたのは細身の戦士。手足は長く、その表情をすっかり隠す仮面をかぶっている。

その両腕には、他の戦士達と同じ、大振りの曲刀。

「フェルビエ——……！！」

どちらともなく叫び、呼ぶ。

第一章　蛮族の戦うた

それは山脈の中でも、一際古い戦の民の名だった。
諸手の曲刀を自在に操る蛮族。彼らのことを——より正確に言うならば、知らぬものは山脈にいない。
雪原をすべる防寒靴。そして風を切る太刀筋。
フェルビエの戦士は、踊るように見事に両族長の刃を飛ばした。あまりの見事さに、男達はみな怯む。

それが合図であったかのように、戦場を見下ろす丘にひとりの女が立った。美しい装束に身を包んだ、若い女だ。幾重にも布を重ねたフードで頭部を覆いながらも、流れる銀の髪や、折れそうに華奢な首筋から、美しさが香るようだった。
隣にはぼろをまとったような男が、小さな背をより小さくするように丸めて、こちらを凝視している。服も髪も灰色にくすんで、白い雪に沈んでいる。
彼女の傍らで高らかに鳴る太鼓の音は、フェルビエの戦うたを歌うようだ。

「鎮まれ——」

女の口から放たれる言葉は、決して大きなものではなかったが、凍る空気を激しく震わせた。
知らぬ者など誰がいよう。
彼女こそ、蛮族フェルビエの美しき女族長だ。

「剣を地に！　これ以上山脈に無為の血を流すことは許されない。フェルビエの剣に賭けて、

ここに調停を申し入れる。この戦、アルスバントの雪蟷螂、フェルビエが預かる――！」

フェルビエ一族は山脈の中でも強い力を持っている。かつては長い戦にその身を捧げていたが、十年も前に結ばれた協定から、戦の部族とは和平へと尽力をはじめ、フェルビエは他の部族に向けて剣を向けることはなくなった。しかし蛮族の名も力も消え去るわけではなく、対峙した二族の民には、高揚よりも畏れが先に立った。

しかし片方の族長は強く唇を噛み、落ちた剣を再び握る。

相手は蛮族とはいえ、己の娘よりも若く、剣さえ持たない。今も高見の見物だ。雪蟷螂の名など、虚飾に過ぎない。

「射れ――!!」

その叫びに我を取り戻した後方の兵は、そのまま弓を引き、放った。狙うはフェルビエ。その女族長。矢尻が逸れようと構わない。自らも剣を振るい、傍らのフェルビエの戦士へと襲いかかる。

「剣さえ持たぬ小娘の言うことなど」

しかし仮面の戦士はやはり優雅に剣を受け、もう一太刀でももを裂く。崩れ落ちたその身体を押さえこまれ、触れそうなほど間近に仮面があった。

「私は聞かぬ！」

「――剣が、なんだと？」

戦士の口からもれた囁き。その声が、あまりに深く、あまりに冷たく、そしてあまりに……

美麗であったものだから、族長は目を見開いた。

視界の端では、丘に佇む女の姿。彼女を狙った矢尻は、背を丸めた男によってすべて叩き落とされていた。青白い顔で佇む彼女と対比をさせられるように、仮面の戦士がその仮面をかにずらした。

戦士は女だった。

それ自体は珍しいことではない。

遠方から訪れる者には驚愕されるのが常だが、フェルビエの民は時に女も剣を持つ。力は男のほうが勝れど、女戦士の激情は、どのような呪いもはねのけると言われるほどだった。

それ自体は珍しいことではないのだ。驚いたのはそんなことではなかった。

仮面の間から、銀糸のような髪が、音も立てずにひとすじ落ちた。

「剣でしか納得が出来ぬというなら、気の済むまで受けて立とう」

瞳の色は薄い蒼。

唇の紅はあざやかに。

「雪……蟷螂……」

彼は無意識にそう呟いていた。

「——いかにも私が、フェルビエ族長」

丘に立つ娘と、瓜二つの容貌をした、曲刀の戦士は、静かにその名を告げた。

「名を、アルテシア。——異論は、あるか」

　山脈が深い雪に包まれる長い忍苦の季節、暮らす人々の娯楽は多くはない。吹雪の合間、雲の流れから束の間の休息が約束されれば、フェルビエの部族の間では決まって、剣戟の音が響く。

——立ち上がれ。フェルビエの戦士。
——この熱が我が命。
——この血こそが、フェルビエの宝。

　木々を打ち鳴らし革を叩き、戦いのうたを歌うフェルビエの民。

　フェルビエ集落の中心、人垣で出来た円陣の中、剣を構えた男が二人。一際大きな歓声が上がり、勝者は刀をかかげる。敗者は雪の上を引きずられて行き、手当を受けるのだろう。その口元は苦々しく、けれど確かな笑みを刻んでいた。彼らにとって、戦いこそが最大の愉しみだった。命の取り合いではなかった。勝負は単純な勝ち抜きである。向かう者がいなくなった時点で、その者の優勝が決まる。

　次の挑戦者を待つ人々だったが、ひとりが遠方に歩く一隊を見つけて声を上げた。

「アルテシア様だ……!」

人々が振り返れば、一際豪奢な雪馬車の姿。

その馬車を認めた観衆は、より大きな歓声を上げた。

「アルテシア様!」

その雪馬車が誰のものか、フェルビエの民はおさな子でも知っている。一族や束ねる族長の、専用馬車だった。フェルビエの精鋭たる戦士を連れて、目に痛いほど明るく白い雪原を越えてくる。

「戦か、ミルデか!?」

逸る若者が呟くが、傍らで首を振る者がある。

「ダーダルヤとウォルジュが揉めてただろ。その調停だって話だ」

「調停? あんなの、私闘もいいところだろう。族長が間に入らなければいけない道理があるのか?」

戦いたい者があるなら戦わせておけばいい、とは実に戦の民らしい考え方だった。

しかし年長者はため息を噛み殺すようにした。

割れかけた唇の隙間からもれる息がわずかに曇る。

「そういうわけにもいかないのだろう」

別の戦士達は、ゆっくりと進む雪馬車の戸が中から開き、ひとりの男がすべり落ちるように

降りるのを見た。濁った灰色の髪を伸ばし放題にした、背の丸い男だ。

「……ありゃあ……」

口を開いたのはフェルビエの戦士ではなかった。山脈を越える旅路にある戦士だ。その旅の戦士がなにごとか言いかけると、隣に立ったフェルビエの男は頷いた。

「旅の人間、運がいいな。今かすかに見えたお方がアルテシア様だ。俺達の族長は、そらおそろしいほどの美人だぞ」

フェルビエ達は馬車から降りた男ではなく、その奥に目をこらしていたようだった。旅の男も流されるままに興味をそちらへと向ける。

「女なのか」

今ほどまでフェルビエの勇士に感嘆していた男には、意外に思えたのだろう。けれどフェルビエ達は皆、躊躇うことなく頷く。

「ああそうだ。先代の父上はかなりの傑物だったが、流行りの病にやられてな。アルテシア様はまだ小さかったが、先代の妹君に支えられ、立派に俺たちの上に立っている。今ではもう父上にまさるとも劣らない」

「……女の下になど」

思わず、といったようにもれた呟きに、フェルビエは誰もが明るく笑う。

「それはお前、アルテシア様を知らないから言えることだ」

あの御方はすごい方だよ、と言う人々の感嘆にはけれど、誰もが言葉を探すようにしばらく黙した。わずかに苦い色がまじっている。

「しかしな、アルテシア様は……」

結局黙することに耐えきれなくなったように、ひとりの男が、切なげなため息混じりに小さくぼやく。

「本当に、和平のために、あんな死人狂いのミルデなんかに、御身を売っちまうのかね……」

調停を終えてフェルビエ集落までたどり着いた族長アルテシアの姿があった。

豪奢な内装の椅子に身体を預けた族長は、やはり厚い布を重ねたフードで頭部を覆っている。

小さな雪馬車の窓から集落の様子を見つめるそのおもてには、もう仮面をつけていない。銀の髪もゆるく編まれて流れていた。

その隣に座るのは、粛々と寄り添うひとりの侍女。フェルビエ族長と同じ髪の色、同じ肌白さて、しっかりとまとめられた髪と表情は落ち着いた様子だが、少女から女へと変わる、瑞々しさが肌のはりにあらわれている。

「よかった……このまま崩れずに済みそう」
　侍女である娘は遠い空を見ながらそう呟く。冬の盛りにはまだ間があるとはいえ、吹雪に巻き込まれては数日立ち往生を余儀なくされることもある。
「屋敷が見えてまいりましたわ」予定よりも二日早い帰還は、なによりです」
　頷きながら言う言葉にはなぜか、棘を感じさせる。族長はささやかな沈黙のあとに低い声で囁いた。
「……皆のおかげだ」
「いいえ」
　その答えを予測していたかのように、侍女が振り返る。
「いいえ、陛下の、素晴らしい、奇策のおかげです」
　わざと文節を丁寧に区切る。「陛下」という言葉はフェルビエのような古い民族には不似合いであったが、その分彼女のかたくなな信念を感じさせるようだった。
　隠しようのない敬意とともに、なじる響きが親密さを感じさせた。
　フェルビエ族長は答えない。
　やがて侍女は諦めたように眉尻を落とし、息をつく。
「異論があるわけではないんです。陛下の剣の腕は、誰よりも信頼しております。けれど、やっぱりあんなやり方、いい気持ちはしませんわ」

第一章　蛮族の戦うた

替え玉を立て、自らは渦中へと飛び込む。もちろん勝機あってのことだが、万全の策とはいえなかったはずだ。

アルテシアはわずかに息をついて、かぶっていたフードを脱ぎ、首を振った。窓から入りこむ強い照り返しが、彼女の銀の髪と横顔を照らした。薄い紅しか引かない簡素な化粧だったが、きめ細やかな肌、陶器のような表情に凄絶さを与えている。

それよりも印象深い、長い銀のまつげに彩られた瞳は、燃える蒼だった。

「すまない。結局ルイも危険に晒した」

紅の唇からつむがれる声は低く、凪のように穏やかだ。

「私のことなんて」

不規則に揺れる馬車の中で膝をつき、ルイと呼ばれた侍女は主人であるアルテシアを覗きこむように笑う。

「危険に晒されるのが、私の役目です」

囁きは低く、その響きが、あまりにアルテシアのそれと似ていた。声色だけではない。そう思ってみれば、髪の色も目の色も、輪郭のラインに至るまで、二人はよく似ていた。

二人の間に血のつながりはない。肌と髪、瞳の色素の薄さは山脈の一族の中でも、フェルビエが特化している。同じフェルビエであるのだから、かつてどこかで血の交わりがあってもお

かしくはないが、少なくとも近しい生をうけたわけではなかった。だからその相似を、偶然と呼ぶことは出来ない。ルイはそうなるために育てられたのだ。

　ルイはフェルビエ族長、アルテシア専属の影武者である。

　アルテシアの替え玉として危険な仕事にあたるため、幼少の頃に屋敷に連れてこられた。生まれはもとからなかったものとされ、ルイという名もアルテシアのつけたもの。幼いころより、うり二つとなるよう育て上げられてきた。

　歴代の族長が皆そのようにうり二つの影武者をたてていたわけではない。先代の族長の替え玉は性別も体格も違う妹君だった。

　アルテシアには理由があった。近衛兵を立て自らも類いまれな剣術を操りながら、まだその上で公務にあたり身代わりを立てねばならないという理由が。

　しかし、似ていると言っても、二人を並べればその差異ははっきりとあらわれた。

「もっとも」

　言いながらアルテシアの隣に座り、ルイは笑う。

　日だまりのように。

　その無邪気さこそ、ルイとアルテシアを隔てるものだった。

「私が危険だったのは、この馬鹿近衛兵が、陛下の方しか見てなかったせいですけれど!」

　そのまま足を持ち上げると、防寒靴をタン、と踏み下ろした。

第一章　蛮族の戦うた

　彼女が狙ったのは、今まさに言葉で指した「馬鹿」の足だった。決して気配はなかったが、馬車の隅には、冬に眠る熊のようにうずくまる影があった。
　ぼさぼさに伸びした艶のない灰髪が目元を完全に隠し、馬車のうちにあるというのにあまりに目深にかぶったフードは隠者のような風情でもあったが、ルイがおろした足は、あっけなく空を切る。最小限の、素早い動きでかわされていた。
　ルイが露骨に気分を害した顔をした。
「⋯⋯トーチカのくせに」
　隅に座り込んだ影は応えない。
　男の名はトーチカといった。
　男である、ということ以外に、一見してわかることはない。丸めた背は老人のようであった。
　しかし、今見せたような素早い動きは、若さを感じさせる。
　彼が何歳であるのか、また、どういった生い立ちであるのか、フェルビエは誰も知らない。
　フェルビエであると自称こそするが、それさえ真偽は確かでなかった。
　族長アルテシアが自分専用の近衛兵として異例とも言える抜擢をした時も、フェルビエの戦士の反感は大きかった。
　今も納得していない者は多い。
　ルイのように声を掛ける者さえ稀だった。フェルビエの人々は近衛である彼を空気として扱

い、彼もまた、空気たろうとしているようだった。色の薄い宵の影のようにアルテシアの後ろに従い、息づかいさえも立てることはない。

アルテシアはかすかに目を閉じ、静かな声で低く言った。

「確かに動きが悪かったな。鍛錬を怠けて腕を落とすことは許されないと思え、トーチカ」

「は⋯⋯っ」

トーチカからすぐさま割れた声がした。同時に馬車の床に低頭する。

その仕草にいよいよルイは美麗な顔を引きつらせて「トーチカのくせに！」と立ち上がった。

「私、陛下と大切なお話があるから、トーチカは外よ、外！」

無理矢理トーチカの背後のドアを開いて彼を外に出すと、ルイは一仕事終えたとばかりに手を打ち合わせた。

「フェルビエの民は女に激情があると言うけれど、それは男がああも情けないという意味にとられかねませんわ」

アルテシアはといえば、侍女の暴挙を止めるでもなく咎めるでもなく、淡々と応える。

「フェルビエの男に情けがないのではない。あれは、トーチカ個人の情けなさだ」

「ええ、まったく」

ちらりとルイはアルテシアの横顔を盗み見た。

そのみすぼらしく情けない男を、近衛兵長という任から外さないのはなぜなのか。

トーチカが近衛兵長に登用されてから、他の人々と同じように、ルイも疑問に思った。トーチカは確かにアルテシアに忠誠を誓っている。

たとえば、先のように踏みつけられば、ルイの足など水が引くように静かにアルテシアであれば自ら身を乗り出すほどだろう。

その忠誠心は本物だ。しかし、忠誠心さえあればいい、というものではない。

近衛兵長の役割は、犬ではない。否、忠犬であるに越したことはないが、剣を持たない犬望まれるのは忠犬ではなかった。

はいらない。

かつて、フェルビエは山脈のある部族と血で血を洗う戦をした。
蛮族の誇りを賭けて戦い死した。その戦は、丁度アルテシアの父の代にて停戦を迎える。
何十年も続いた戦の時代は終わったのだとフェルビエは言うだろう。けれど本当にそうなら、アルテシアにルイのような存在は必要ない。
流れる血をも凍るとされた、あの戦は終わってはいない。

……完全には、まだ。

「話は」

せかす風でもなかったが、問われてルイははっと我にかえった。
数秒視線を泳がせ、声をひそめて囁く。

「ダーダルヤとウォルジュは、まだ揉めるかもしれません」

ルイが口に出したのは、この遠征で間に入った、二つの部族の名だった。

アルテシアは沈黙をもって続きを促した。

「あの戦の原因は確かに私怨でした。仕掛けたのはダーダルヤ族長の娘が、ウォルジュの若者に、傷物にされたと」

それはアルテシアも知っていることだった。おのおのの族長の言い分は聞いた。……その原因は、ダーダルヤ謝罪と和解へと導いたつもりだったが。

「帰り際、ダーダルヤの娘と会うことが出来ましたわ。ずいぶん憔悴した様子でこそありましたけど」

これは私の勘です、と前置きをして、けれどルイは確信をもって言った。

「……彼女は今も、ウォルジュの若者を想っています」

人の心はままならない。些細なことと笑い飛ばすのは簡単だ。

けれどその些細な心が、人を殺すこともある。

「そうか」

アルテシアは頷くと、「しばらく様子を見るしかないな」と外を臨んだ。

「ひとつきもすれば、変わるものもあるかもしれない」

呟きは、アルテシアにしては珍しく叙情的だった。そしてその答えを意外に思わなかった

ルイは、この話をなかなか切り出せなかった理由を自覚した。このような言葉を、アルテシアの口から聞きたくはなかったのだ。人の心が変わるかもしれない。そう予想をしてしまえるほど劇的ななにかが、この山脈で起こる。これから、ひとつきの間に。
「衣装は決まったか」
アルテシアが続けて問うた。
複雑な顔で、ルイは微笑みを返す。
「ええ、陛下にお似合いの、とても美しいものを」
そうか、と返るアルテシアの言葉にはかけらの感傷もなく、ルイは無理をするように笑って言った。
「でも、聞いたことがありませんわ。自分の婚礼衣装を、替え玉に合わせるご婦人なんて!」
「私は必要なかった。ルイは好きだろう」
自分は身を飾ることに興味がない。そんな意味でアルテシアが言うが、ルイは少しふくれた顔で、
「ええ好きですとも。代わりに婚礼をあげてもかまいませんわ!」
ときっぱり言った。
アルテシアは笑わなかった。

「それはできないよ」
　彼女の答えは静かだったから、あんまりに静かだったから、よけいにルイの胸は痛んだ。「申し訳ございません」と自分の非礼をわびるように言って、
「ああ、もう、到着いたしますわ」
言いながら、己をなぐさめるように目を閉じた。
　胸の痛みなどまやかしのはずだった。自分はこうして彼女の身代わりとして育てられたというのに、その胸中の苦しみひとつ肩代わりなど出来ないのだと思った。
　まぶたを閉じればあざやかに思い出される、ルイが見立てた美しい婚礼衣装は確かにアルテシアに映えるだろう。
　短い春が来る前に彼女の主、フェルビエの女族長は、フェルビエの民を背負ったまま、宿敵のもとに嫁いでいく。
　きっと、雪の精霊のように美しい姿で。
　長い長い、戦の終わり。その約束を果たすために。

第二章　蟷螂の婚礼

第二章 蟷螂の婚礼

覚えている。痩せた手のひら、それでも威厳を失わない、広い背中を。

「恒久なる和平の礎に、お前の未来をミルデの狂人に売る」

意味がわかるかと父に問われ、わからないとアルテシアは応えた。

彼女はまだ七つにも満たなかった。

父である族長の言葉の意味はわからない、けれど。

「お前にしか出来ぬ戦だ、アルテシア」

そう言われるなら頷く以外にほかはなかった。

両の手を肩に置かれた。病魔にむしばまれた族長の腕は重たかった。その重たさが、フェルビエの命、血の重さだと思った。

フェルビエのために生き、フェルビエのために死ぬ。

族長の娘として生まれた、それが己のさだめだと、アルテシアは思っていた。

和平なるものの尊さを、まだ幼いアルテシアが理解したとは言い難い。蛮族フェルビエと、狂人ミルデの確執はもう、双方の部族の間に横たわり過ぎた。

敵族を滅ぼすまで剣を振るい続けて、そして訪れる和平でも構わないと思いはしたが。

この身をミルデに売り、対価として恒久なる和平を得るという父に、アルテシアはひとつだけ、問いかけをした。

「春は、美しいですか」

「────、か」

アルテシアがかすかに呟いたその言葉は、傍らで鏡を用意していたルイの耳に入った。暖炉には静かに火が揺れ、光差す窓を白く曇らせている。フェルビエ集落、族長の住まう一際大きな館の、アルテシアの私室だった。

「なにか?」

「いいや」

ゆるく首を振る。思い出にふけることは多くはなかった。それでも、自分が十年も前のことをこれほど克明に覚えていることに、アルテシアはささやかな驚きを覚えた。それほど、印象深い出来事であったということか。

ずいぶん感傷的な問いをしたものだと、アルテシアはどこか他人事のように思う。幼い時のことを思い出すと、少し自分から魂が離れて、高い場所から見ているような錯覚に陥る。生々しい感触は、数えるほどしか記憶にない。さめた子供がさめた大人になったという、それだけなのだろうか。

目の前に鏡を置かれて、隣に立つルイが微笑んだ。

第二章　蟷螂の婚礼

鏡に映ったアルテシアは、ルイの見立てた婚礼衣装に身を包んでいる。白と青を基調にした衣装は、この地方ではどの部族の伝統にも外れた、珍しいものだ。アルテシアを着飾る前に、ルイは拳を固めて「甘い婚礼には決していたしません」と言った。

「ミルデの族長が気圧されて目を奪われて、手も触れられなくなるような、高潔の花嫁にしてみせます」

そうすることに意味や価値があるとは、アルテシアは思わなかったが、ルイが命まで賭しているような様子だったから、黙って爪の先まで好きにさせた。

ルイは相変わらず侍女の姿をしている。アルテシアがきつく着飾っているせいもあるが、一見して二人が見間違われるようなことはない。髪型と簡単な化粧、そしてその仕草だけでこうも己の雰囲気を変えるのだから、まるで魔術のようだとアルテシアはつねづね思っている。

「とても、お美しいです」

感嘆するようにルイが言う。

「そうか。ルイが言うのなら、そうなのだろう」

ルイの見立てはいつも的確だった。これまでも、アルテシアの晴れの衣装を見立てたことが幾度もある。アルテシアはそのたびに、同じ顔をしているのだから心根から明るいルイが着た方が似合うだろうと思うのだが、実際に着てみれば確かに、どの姿もアルテシアだからこそ似合うものばかりだった。

ルイはヴェールと髪型と造花のコサージュと、バランスを考えているようだ。人形のように座ったままのアルテシアは退屈に疲れ、「髪は、当日でいいんじゃないか」と呟いた。

「衣装の見立ても、私はルイを信頼している。間違いはないだろうよ」

その言葉に、ルイは手元を止めた。「私が見たいんです」とはっきり告げた。

「婚礼の日に着飾るのは、婚礼の相手のため、しいてはミルデの族長のためです。お美しい陛下を見ればみるほど、きっと腹が立ってしまうだろうから。……だから、今日は、私のわがままなんです」

口調は静かだったが、気持ちを押し殺すような響きだった。アルテシアは鏡を覗くが、自分自身が邪魔をして、ルイが一体どんな表情をしているのか見ることは出来なかった。

その美しさと、また冷たさと苛烈さをさして、氷のよう、と評されることの多いアルテシアだったが、この自分よりも数段愛らしい影武者に甘かった。

はじめてルイのもとに連れてこられたルイはまだ、彼女と同じ小さな少女だった。その日からルイはアルテシアに忠誠を誓い、何度もその身と命を危険に晒した。アルテシアを育てた屋敷の者でさえも判別の出来ないほど、完璧な立ち回りで、事実アルテシアの分身として彼女を助けたルイに、アルテシアは感謝よりももっと深い思いを抱いていた。

「……ルイ」

第二章　蜉蝣の婚礼

「なんでしょう。痛みが御座いましたか？」

手を離し、覗きこむ彼女に、アルテシアは目を伏せたまま、静かに言った。

「十日後にはミルデの集落に輿入れだ」

アルテシアはまず、その事実を確認した。

「私はミルデの族長に嫁ぐ」

それは急な話ではなかったし、アルテシアの意志でもなかった。

このアルスバント山脈にある部族が対立をはじめて数十年、刃しか交えたことのなかったフエルビエ族とミルデ族、二つの部族の族長が、和平の証に迎える婚礼は十年前から決まっていた。三十年という、長い長い、大きな戦の終わりに。

この婚礼を迎えるために、十年の間、二つの部族は停戦を保った。

「…………はい」

俯き加減に、ルイは頷いた。婚礼を喜ぶ表情ではない。けれど異など唱えられようもなかった。彼女はただ、少しばかりの個性を許された、アルテシアの影だ。

そのルイに、鏡の中から視線を向けて、アルテシアは言う。

「私はミルデの妻になる。それは、私の……危険は少なくなるといってもいいだろう。一度婚礼を挙げてしまえば、それはミルデがフェルビエの夫になるという意味でもあったが、アルテシアはあえて、

明言はしなかった。

　長い間宿敵であったミルデの族長の話はいくつも聞いたことがあるが、今に至るまでアルテシアは直接言葉を交わしたことはない。その必要もないだろうと思っていた。もとより愛し合おうなどと思ってはいない。

　そして今、ひとつきも経たぬ間に、その使命は果たされようとしている。
　婚礼を挙げること。それが彼女の、一番大切な族長としての使命だった。

　いつかこの日がやってきたら、ルイに言おうと決めていた言葉がひとつ、あった。

「お前に暇を与えようと思う」

　ぱっとルイの顔があがった。困惑に凍ったその顔に、出来る限り、アルテシアは瞳の光をやわらげた。

「私はミルデと、フェルビエのアルテシアになる。だから、お前は、もう自由になってもらって、構わない」

　ルイのようにほがらかに笑うことは出来ないまでも、心が少しは、届くように。

　彼女はもう十分に、命を賭けてくれた。
　名前を捨て、家族を捨て、アルテシアのもとに連れてこられて。

「フェルビエの民として、一生を不自由しないだけの後ろ盾は用意しよう」

　アルテシアの言葉を聞く、ルイの重ねた指の先は震えていた。

「……長い間、世話になった」

鏡の中で彼女は、何かを言いかけるように口を開き、そして閉じ、首を振って、肩の力を抜いた。

そのまま美しく微笑むと、目を細めながら静かに言った。

「では、今すぐ解雇なさって下さい。今からこの屋敷の門をくぐり直し、侍女見習いのひとりに加えて頂きます」

冗談のような軽い口調で、それでも瞳の深さは真実だった。

ああそれとも、と慌てて言い直す。

「ミルデの屋敷に仕えた方がよいですわね。今すぐ、ミルデの殿方を色仕掛けしてまいります。十日もあれば、陛下より先に婚礼くらいあげられますので」

ええ大丈夫です。激しく倫理を外れる台詞だったが、きっぱりと言い切るルイの口調は強かった。アルテシアは笑うように目を閉じて、吐息とともに言葉を落とす。

「お前が言うと冗談にならない」

この、愛らしい影武者が、決してある面で品行方正でないことは、アルナンアは知っていた。

ルイは膝をつき、アルテシアの手の甲にそっと手を重ねた。

「ルイは、陛下に嘘は申しません」

美しくなめらかな手のひらだった。剣の振りすぎで固くなったアルテシアの手しは違う。

アルスバント山脈に暮らす人々は、手を屋外の外気に晒すようなことはしないが、この手を人目に晒せば、自分との違いは明白すぎて、影武者にもならないだろうとアルテシアは思った。
ルイはアルテシアの目から見ても、美しい娘だった。
自分に近いつくりでありながら、内面の瑞々しさはこれほどまでに人を見違えさせる。希有な少女だと思うからこそ、自由を与えねばならないと思う。
思いながら、彼女をまた、つないでしまう。
「ミルデまで、ついてくるか」
アルテシアの問いに、ルイは呆れたように眉を上げた。
「もとより、そのつもりでなかったことなどございません」
「そうか」と、アルテシアは目を伏せたまま頷いた。それ以上はもう、言い募る気にはなれなかった。
ミルデでの暮らしは、フェルビエでのように楽なものではないだろう。しかしアルテシアはアルテシアとして立つだけだった。そうしてまた、ルイはルイとして立つことがすなわち、アルテシアのそばにあることなのだろう。
そう思うと、胸ににじむものはあたたかかった。
アルテシアはそこで口を閉ざしたが、ふと見ればルイは膝をついたまま、鏡の中でありありと不満げな顔をしていた。

「……影武者に暇をと、陛下はおっしゃいます。……近衛兵には、暇は必要ないのですか？」
 複雑な顔で、耐えられなくなったように口を開いたルイは、ぼそぼそと呟いた。
「トーチカか？」
「そうです」
 拳を固めて言うルイに、アルテシアはしばし考え込むように、指の腹を口元にあてた。
「どうして……」
 確かに、トーチカを解雇しようとは、アルテシアは一度も思わなかった。
「連れて行くわけではない」
 口にしながら、そのことをあまりに当然だと思っていたことに気づく。
「あれは、ついてくるだけだ」
 その言葉をまるで予想でもしていたように即座に、ルイが大きくため息をついた。
「……アルテシア様は、男運が悪すぎます」
「これから嫁に行こうという女にそれかと、アルテシアは思わず愉快な気分になった。
「そうかもしれないな」
 ろくに男も知らず、宿敵のもとに嫁いでいく。このフェルビエで男と交わした交歓など、剣でのそれだけだ。
 宿敵が運命の男である可能性も皆無ではなかったが、期待は出来そうになかった。けれど

アルテシアはもう仕方がないと思っていた。男との出会いばかりが運命ではないだろうし、愛し合うばかりが運命でもないだろう。その代償のように、自分はこうまで強い剣を得ている。
鏡の中から強くアルテシアを見て、ルイが口を開いた。
「……ご自分に幸福は不似合いだとお思いですか」
「いいや」
答えは早かった。問われたことの、驚きさえなかった。言葉は自然で、光に身をゆだねるようなものだった。
「成すべきことを成したい。それだけだ」
そしてそれが幸福だと、アルテシアは確信をしていた。
ルイはその言葉にくしで美しい髪を梳きながら、笑いもせず、はっきりと告げた。
「ルイには、成すべきことなどございません。……だから、陛下には、幸福になって、頂きます」
悔しげに、唇をかぶたをおろし、「十分だよ」と囁くので。
アルテシアはまぶたをおろし、「十分だよ」と囁いた。
やがて来る婚礼の向こうに春はある。
そしてその春がまばゆいほどに美しければ。

その春を、幸福と名付けようと、アルテシアは思った。

強まりつつある冬の吐息が、出発の刻を連れてくる。

両族をあわせた盛大な婚礼が開かれるひとつき前に、アルテシアは輿入れとしてミルデの一族の集落へと向かう。

「——すまないな、アルテシア。私もともに行ければよかったのだが」

寝所につるされた天蓋、分厚い緞帳の奥から、深くかすれた女の声がしている。

「……いいえ、叔母上」

アルテシアは寝台の傍らに佇み、静かに言った。

「長く、大使としてミルデとの交渉をお任せいたしました。どうぞしばらくは、身体をお休め下さい」

御簾のような厚いカーテンの向こうに半身を起こし伏せっているのは、アルテシアの叔母であり、先代の族長の妹だった。名をロージア。先代亡き後、女族長として後を継ぐのだろうという周囲の思惑に反し、アルテシアの後見となり裏方へと身を引いた女戦士だ。

アルテシアにとっては、育ての親のようなものだが、それ以上に、誰よりも厳しい剣の師だ

った。

かつてロージアは兄である族長とともに、アルスバントの山脈を駆け、剣をふるった。氷の戦も末期の、一番苛烈な時代である。

ロージアの武勇は名高い。彼女は戦場で当時のミルデ族長とも相対したという。

彼女がミルデ族長を倒していたら、二つの部族の婚礼による統合はなかったであろうし、フェルビエがミルデを征服していた可能性は高い。

しかし歴史はそのように動かなかった。

彼女は族長に負け、命こそ落とすことはなかったものの、身体の一部を失った。戦士としては命に等しい、剣を握る利き腕の、肘から先すべて。

族長の座を辞退したのも、それに由来するところが大きいのだろう。欠落した身体では人々を統治することが難しく、また彼女がその姿をフェルビエの前に晒すたび、ミルデへの反感を招くことは必須だった。

戦士としては一級だった。戦の時代であれば、彼女は身体を失ったままでも族長になれたかもしれない。

けれど山脈の風は和平に吹いた。真実剣と添い遂げた彼女の、本心は誰も知らない。彼女はただ、自分の姪であり、族長の座を継いだアルテシアに、その剣技を教え込んだ。

そしてまた、ミルデへの大使という、危険を伴う任につき、婚礼のために全力を尽くした。自らは伴侶を得ず、子供も持つことはなく、大任を終えてからここしばらくは寝台に伏せっている。戦で鍛えた身体は精悍だが、ここ数年は、長い冬のたびに体力が削られると呟いていた。

こんなふうに伏せることもはじめてだった。

それほどに、大使としての仕事は彼女の身体にこたえたのかもしれないと、アルテシアは思う。

「この婚礼は、必ず果たしてみせます」

血のつながった親族ではなく、厳しく尊い師に向けて、誓うようにアルテシアは言った。

「──留守を、任せます」

ロージアは寝台の奥で、しばらく答えず、深く思いのこもった声で一言、言った。

「武運を。族長、アルテシア」

一礼ののち、ロージアの私室を出たアルテシアのもとに駆け寄る影があった。

「アルテシア様、本当に、私たちはともに参らずともよいのですか」

フェルビエの戦士が、旅立つアルテシアに尋ねる。

「必要はない」

とアルテシアは一蹴した。

「再び戦争をはじめるのではない。婚礼に兵は必要か」
「しかし、もしも、ミルデの輩がアルテシア様に刃を向けたら——！」
「疑心はなにを生む？」
 アルテシアの言葉は風のない夜のような静けさだった。
「いたずらに混乱と対立を招いてみろ。お前達、父上に顔向けが出来るのか」
 戦士達が言葉に詰まった。
 アルテシアの父親は、勇敢な族長だった。フェルビエの戦士の心の中に、今も彼は生きている。
「この婚礼は父上の悲願だ。剣を置き、祝福に来てはくれないか。私とミルデの婚礼は、二つの部族の、未来そのものだ」
 フェルビエの戦士はきつく奥歯を嚙んで、頷いた。
 アルテシアは「戦ではない」と皆に言った。それは嘘ではなかった。
 蛮族フェルビエの戦士は誰もが勇敢だ。しかし婚礼は彼ら、彼女らの戦ではない。
「行くぞ、お前達」
 二刀の剣を下げ、裾をさばけば、かしづくのはひとりの侍女。そしてひとりの近衛兵。
 一団はいらない。この身ひとつがあればいい。
「これは、私の戦だ」

それが出陣の合図だった。

族長アルテシアがフェルビエの集落をたち、婚礼のためにミルデへと向かうその日。

アルスバント山脈は、吐く息さえも凍りつくほどの強い吹雪だった。

それは彼女の一隊を阻む苦難のようであり、

同時にまた、祝福のようでさえあった。

第三章　狂人の現神

第三章 狂人の現神

ミルデの族長の屋敷は豪奢だが、フェルビエとは似つかぬ空気に満ちていた。所狭しと置かれた呪術の道具と、独特な木香が遠い外つ国のようだ。

フェルビエもミルデも、もとは同じ山の民であったとされるが、数百年も前、山脈の民は一度恐慌を迎えている。山の民の分裂は、ひとつの古き国の崩壊が招いたものだといわれているが、今はもう語り継ぐ者もない。

「遠路はるばる、よくぞ参った」

低い低い声が聞こえた。背後に大きな暖炉。その炎を背にして立つミルデの族長を、アルテシアは凍りつくような青い瞳で見つめた。

精悍な男だった。

アルテシアは娘らしからぬ冷静さで、顔のつくりよりも先にその身体つきをさぐった。

ミルデの民はフェルビエよりも高い室温を好むのか、焚かれた火の勢いは強く、一族の民は軽装をしている。その服の下に覗く族長の身体は鍛え抜かれていた。狂人ミルデは怪しげな呪術を使えど、肉弾戦には向かない軟弱な一族だと思っていた。それはアルテシアだけの印象ではない。ノエルフェ全体の、失礼を承知で、意外さをおぼえた。

ミルデを蔑む感情だ。

しかし、それに反して、ミルデの族長は戦場にあるべき身体をしていた。もはや死したミルデの先代、

それは彼の父親から受け継がれたものであったのかもしれない。

彼は決して軟弱な男ではなかったと、かつてアルテシアの父親は口にした──……。
　ミルデ族長は、浅黒く雪に焼けた肌に、黒い髪、黒い瞳の力は強かった。心奪われることはなかったけれど、アルテシアは人知れず思う。
　剣を、交えることが出来たなら。
　目の前に立つは己の婚約者。
　美丈夫と表現してもなんらさしつかえない。
　そして一族の宿敵である。
　彼を前にして、一瞬だけ、アルテシアは今とは違う出会いを夢想した。
　あるいはそれは、彼女の父親と、また彼の父親が抱いた思いをたどったに過ぎないのかもしれない。
　戯れのごとき思いは一瞬だった。打ち消すように、アルテシアは動いた。
　腰に掛けた剣を抜き、流れるような動作で膝をついて、その剣を差し出すように地に置いた。
　背後では、侍女と近衛兵もまた、同じように剣を置いた。
　男も女も変わりがない。これがフェルビエの一族の礼だった。
　礼を尽くすと決めていた。最初から。
「──蛮族が」
　アルテシアが頭を垂れる先で、ミルデの族長がそう吐き捨てたのが、アルテシアにはわかっ

た。

火を焚かれた部屋の空気が一瞬で凍る。

しかしアルテシアはその顔色を変えることはなかった。暴言など、覚悟のうちだ。

顔を上げ、視線を逸らさないアルテシアに、ミルデの族長は一体どのような感情を抱いたのか。

彼は唇の端だけを曲げて笑みのような形をつくり、鼓膜よりももっと奥を震わせる低い声で言った。

「我が名はオウガ。フェルビエの族長、名を」

名前など、知らぬわけがなかった。ただの儀礼でしかなかった。

それがわかっていたから、アルテシアもまた冷たい声で答えた。

「我が名はアルテシア」

「フェルビエのアルテシアよ！」

椅子から立ち上がり、オウガは咆吼のように叫んだ。

「貴様の誇りである剣を地に置き、この狂人に屈し、我が妻となる覚悟はあるのか」

肌に痛いほどの緊張が走る。

ミルデの族長、オウガは野獣のように、笑う。

「剣を取っても構わぬぞ、フェルビエの」
あまりにも露骨な、挑発だった。
盟約にのっとり、隊を成して興入れのために来たフェルビエ。
そして迎え入れるミルデの、二つの部族の目前で。
剣を取れと、オウガは言う。

「ミルデの族長は」
対するアルテシアの声は、どこまでも冷たく、静かだった。
「フェルビエの別名をお知りでないと見える」
オウガの眉が動き、アルテシアを見下ろした。女性にしては長身のアルテシアより、まだ頭ひとつ分高い。
「私はフェルビエ。アルスバントの雪蟷螂。私が心から刃を向けるのは」
その視線を真っ向から受けて、アルテシアは言い放った。
「心から愛した男ひとりだということを」
凍りついた空気はより鋭さを増していた。
永遠にも似た沈黙のあとに。
「————……いいだろう、蛮族めが!!」
今度こそオウガは空気を震わす声で呵々大笑した。

そしてアルテシアの眼前まで進み、固い靴で彼女の美しいあごを取った。
「蛮族の族長に置かれたとはなるほど、険の立ちすぎる顔をしている。迎え入れようとも、我が妻よ」
愛で慈しむような優しい仕草ではなかった。
白い肌にあざが残りそうなほど、彼の指先にこめられた力は強かった。
まるでそう、憎しみのように。
「フェルビエの一族の者に、部屋を与え、宴の支度を!!」
そしてオウガはアルテシアを見下ろし、やはり獣のように笑った。
「お前の部屋は私と同じだ。異論はないな。——我が妻」

はらわたが煮え返る、ということ。
まさにこれだと、ルイは思った。
ミルデの歓迎の宴は盛大だった。しかしまさに嵐となった外のようにぬくもりのないものだった。白々しく、茶番のような宴だった。
不快さが臓腑を焼きそうだ。

酔った男達の誘いを振り切り、廊下に出る。

（あの男）

息をつくたびに頭をよぎり、かんに障る。

ミルデの族長は、先入観を抜きにしても、否、先入観を抜くことなど出来はしないが、それを自覚してもなお、気安く看過出来ないほど不愉快な男だった。

彼はアルテシアを愛してなどいない。愛情を強要するつもりもなかった。この婚礼は愛には基づかない。もとよりアルテシアにさえ、そんな望みはないことは、ルイもわかっているつもりだった。神にも背く行為なのかもしれない。

それでも戦だと、アルテシアは言った。

自分だけの、戦であると。

儀礼でしか剣を持てなかったルイだったけれど、ひとりの女として、この戦だけは力になれるのかもしれないと思っていた。──どこまでも限りなく、ひとりの女として。

しかし、やはりアルテシアは誰の手も借りずその身ひとつで戦地に赴いた。

（寝所が真実の意味で戦地であるなどと）

それ以上の地獄が、女にあるのだろうか。

長い長い、毛皮の敷かれた廊下の奥、その離れが、オウガの寝室。そして今は、アルテシア

の寝室でもあった。

その部屋の重い扉をきっと睨みつけようとして、ルイは不意を突かれ、けげんな顔をした。空気の冷たい廊下の隅、木から掘り出された不気味な像のすぐ隣に、やはり置物のように膝を抱えている男にルイは見覚えがあった。その陰気な姿はやすやすと忘れられるものではない。

「——……トーチカ？」

ひとりになりたかったが、見てしまったからにはそのまま見過ごすことは出来ない。いや、出来るかもしれないが、誰でもいいから八つ当たりをしてしまいたい気分だった。

膝を抱えた影は動かない。

その傍らに強い酒の瓶を見咎めて、ルイはけだるげに壁に肩を預け、「馬鹿ね」と呆れた呟きをもらす。胸をうずまく憎悪は、痛みと哀しみに形を変え、自分の身体の赤い血に染みいっていくようだ。

続く囁きは、どこか母親のごとく優しかった。

「酒も飲めないくせに、本当に、馬鹿」

そしてルイは彼の隣に同じように膝を抱えて、視線の先に広がる窓から、白い夜を見た。ため息をついて、ルイは足下に倒れた酒の瓶を持ち上げ、瓶の口からそのままあおった。酒への耐性はそれなりにあるつもりだったが、自分も山脈に育った。酒への耐性はそれなりにあるつもりだったが、こんな飲み方はしたことがない。自分でも驚くほど、不作法な仕草だった。

「……今日くらいは、私も馬鹿になりたいわ」

 自分の胸の痛みを今更自覚して、ルイは目を閉じた。山脈の夜は冷たく白い。今日はもう、風の音さえ消え入ったようだった。

「くつろぐがいい、フェルビエの」

 言いながらオウガは傍らのテーブルに置かれた杯をあおった。彼のあとを粛々とついてきたアルテシアは、扉の近くで立ちつくしたままだ。

「どうした、俺がくつろげと言っている」

 ミルデ族の族長はその言葉を本気で言っているようだった。自分で言う言葉が絶対であるなどと、ミルデ族の婚礼は皆そうなのか、それとも、オウガばかりのことなのか。アルテシアは心の中で毒づいたが、言葉にも顔色にもあらわれなかった。

「蠟で出来たような女だな、フェルビエ」

 退屈さを隠しもせずに、オウガが言う。

「それともなんだ、怯えて声も出ないか。蛮族の族長と言うからには、どれほどの剛の者とかと思えば、女々しい繊細さだけは持ち合わせているということか」

第三章　狂人の現神

アルテシアは答えない。
「——……興がのらんな。そこに座れ」
示したのは、部屋の中央に置かれた、シンプルな寝台だった。言われるままに腰を下ろすアルテシアの動きは、優雅とはほど遠い、機敏さだった。
「なにか、言ってみろ」
杯を傾けながら、ミルデの族長の命じるままに、アルテシアはその形のよい唇を開いた。
「北にある関所の開放を婚礼までに済ます必要がある。検問はもはや両族には不要だ。兵を立てる意味もなくなる」
「政治の話か」
オウガは吐き捨てるように言い、鼻で笑った。
「寝所に政治を持ち込んで、なにが楽しい」
アルテシアの答えは簡単だ。楽しむことに意味など見いだせなかった、それだけだ。けれどその答えは口にせず、彼女はまた蠟で封をしたように口を閉ざした。もとより答えなど期待していないのか、オウガは自身の言葉を止めない。
「フェルビエはずいぶん小さな馬車で来たものだな」
「二つ山を越えるためだけに、どれほどの兵がいると？」
アルテシアの言葉の裏側を読んで、オウガは笑った。空気を震わす、低い声だった。

「それにしても、お前の側はずいぶんお粗末だな。ミルデの兵でもあれほど覇気のない者はいない。フェルビエは女が豪傑なのかと思っていたが、男が不抜けていただけか？」

アルテシアは答えなかった。顔色を変えず反応も返さずに、心の中では全くだと頷いていた。オウガは答えを待たずに続ける。

「侍女だというあの娘は──お前の影だな」

わずかに、アルテシアの目元が動いた。その変化をオウガは見逃さなかった。

「俺が知らないとでも思ったか。先代のフェルビエはずいぶん過保護じゃないか」

あざ笑うようにそう言うと、オウガは目を細めた。

「婚礼にまで替え玉を使ってくれるかと思ったが、そうもいかなかったか。俺としてはあの女の方がまだ嗜好にあっているが」

隠す気もない、揶揄の響き。重ねるようにオウガは言った。

「それにしてもずいぶん子飼いにしたものだな、フェルビエの。あの替え玉の娘、俺を射殺さんばかりに睨んでいたぞ」

アルテシアの瞳が冷えていた。伏し目がちな瞳で、青く燃えるように射貫くその視線を、悪くないというようにオウガは笑う。杯から手を離し、立ち上がり、ゆるく波打つアルテシアの髪を一房手にした。

そして耳元に唇を寄せて、低く低く囁く。

第三章 狂人の現神

「そうだ。——組み伏せるのなら、気の強い方が楽しめる」

衝撃は一瞬。白いシーツに、アルテシアの長い銀の髪が、音を立てて広がる。

背に痛みは感じなかった。目も閉じなかった。

閉じないままに両手首を寝所に縫いつけられて、唇を奪われる。

——無味だ。

アルテシアが思ったのはそれだけだった。

薄暗い灯りは消されることはなかった。その中で笑いながら、オウガはなぶるようにアルテシアの首筋を嚙んだ。

「抵抗をしてみろ」

「どうした、雪蟷螂の名は飾りか」

服を裂くように肩を剝き出しにされ、唇がたどる。その存在の重たさにアルテシアは目を閉じる。

赤い花のように散る痕。

なぜか、恐怖は感じなかった。

閉じたまぶたの上に口づけが落ちた。その瞬間に、すべての動きが止まった。

「——それがお前の口づけか。フェルビエの」

オウガの声は笑みがにじみ、かすれていた。

ランプの灯りに照らされる、オウガの首筋にあてがわれたアルテシアの懐剣は、薄くその肌を裂いていた。

流れる血が、ナイフをたどり、アルテシアの指を濡らした。

その事実にさえ表情を変えることなく、アルテシアは言い放つ。

「いいや、ミルデの流儀に合わせてみただけだ」

答える彼女の急所にもまた、鋭いオウガの刃が狙いを定めている。

暗い熱情に隠れた殺気を、アルテシアは決して見逃さなかった。

「初夜に持ち出すにしては、野蛮すぎる一物だ」

互いの殺気を消さぬままアルテシアは冷たく言い、オウガは笑った。

「惜しいな」

愛おしむように深みのある言葉だった。

「フェルビエのアルテシア。お前は俺の想像よりも腹立たしく、愉快な女だった」

もう一度だけ、彼は彼女の名前を呼んで。

「だがここで死ね。蛮族フェルビエ」

宣言した。

「新たな戦のはじまりに。お前の首を、もらいうける」

トーチカの酒を飲み終えてしまうと、ルイは一度荷物を取りに部屋へと戻り、持参していた瓶とカップを指にかけて戻ってきた。酒をそそげば独特の木香が味わいを深める。白樺のこぶで出来たおおぶりのカップは、山脈の伝統的な工芸品で、

　トーチカは相変わらず冷たい廊下の隅に膝を抱えてうずくまっている。その姿は寒さに怯える小さな子供のようだった。相変わらず手入れの行き届かない灰髪で表情は見えない。それは彼の無精ばかりが理由ではない、と知っている人間はどれほどいるだろう。

　自分と、それから。

（陛下も、きっと）

　息を吐きながら、ルイは少し熱のまわった脳で昔のことを思い出した。

　トーチカをはじめて見たときのこと。それは忘れがたい、ある種の戦慄だった。

　新しい近衛兵長に名乗り出たのは若い男だと聞き、ルイは多方面で期待をした。その人間性。容貌。そして能力。彼はアルテシアを守り、そして時に自分も守るのだろう。胸を高鳴らせて紹介を受けたルイは、失望を通り越して絶望した。

　その表現がなんら誇張でないほど、期待を裏切る人間だった。男であるかどうかも、かろうじて判別出来るか出来ないどこが若いのかさえわからなかった。

いかだった。

戦士としての覇気はなく、アルテシアのそばに立ち、同じ空気を吸うことでさえ冒瀆のように思えた。

近衛兵になるために、幾人ものフェルビエを倒したという彼は、最後にアルテシアの前に立ち、そして当然のように、アルテシアは彼に剣を向けた。

誰よりもフェルビエらしいフェルビエ。それがアルテシアだった。

しかし、トーチカはその剣を受けるどころか、額を地から離すことさえしなかった。

『……剣を取らないか』

流石のアルテシアも腹を立てたのだろうか。静かに尋ねていたことを覚えている。

トーチカはくぐもった、聞き取りにくい声で。

『貴方さまに、向ける剣は、持ち合わせておりません……。貴方さまの剣は、いつ、いかなる時も、わたくしの、皮と肉。血と骨にて、受けさせて、頂きます……』

その時はルイはアルテシアの後方にいたものだから、アルテシアがどんな顔をしていたのかわからない。

彼女はなにも答えなかった。刀をおさめ、地を這うトーチカの隣を毅然と歩き去りながら、言葉をひとつ落として行った。

第三章　狂人の現神

『フェルビエの血は、剣の錆にするには惜しい。大切に扱え』

彼はそのまま祈りでも捧げるように額を地につけて、決して顔を上げることはなかった。

泣いているのかもしれないと、ルイの感想は、それひとつ。

それから彼はアルテシアの、同時にルイの傍らに立つこととなった。

彼が剣を振るうのはアルテシアの身に危険が及んだ時だけ。力を競い合うような場所には出てこないため、その実力ははかれなかったが、気配を消すことには長けていた。

彼は決して音を立てることはなく、まして言葉を発することもなかった。

多くの人間が彼を空気のように認識しなくなり、それはルイもまた同じだった。けれどしばらくしたのち、はじめて彼がルイに尋ねた。

アルテシアのいない、屋敷の中だった。

背後に立ったトーチカはぼそぼそとうめきのような声で。

『なぜ……』

耳障りなかすれた声だった。ルイは軽蔑するようにちらりと視線だけを流した。トーチカはその冷たさに腰を引きながら、低くつなげた。

『……なぜ、アルテシア様のことを、陛下と……?』

片眉だけをぴんとあげて、ルイは黙した。

答える義理はなかったし、これまで誰にも語ったことのないことだった。

ルイの中に答えはあったが、それはルイだけの答えであって、他人と共有したいものではなかったからだ。

だからなぜその時答えが口をついて出てきたのか。今でもはっきりと理由はわからない。

理解されることはないと、思ったからかもしれない。

もしくは——。

『あの方が私の唯一の主だからよ』

ルイはまっすぐ前を見て、にこりとも笑わず言い放った。

『一族だからとか、そんなことは関係ない。あの方は私達の族長ではないの。私だけの、女王陛下よ』

口を開けば、トーチカに向けた言葉にさえならなかった。心に決めた言葉は、ルイ自身によく響いた。

そしてトーチカに目を向ければ、トーチカは怯えることはなく、媚びるように笑うこともなく、静かに息を吐きながら頷いた。

『素晴らしい』

その呟きが、あまりに深かったから。

わかってしまったのだ。

この男は、人間として、男性として、様々な欠陥を持っている。

第三章 狂人の現神

けれど、アルテシアに対する忠誠だけは、これまで見てきたどんなフェルビエの戦士よりも、純粋に、強く、そう、ルイに近かった。

そして彼と彼女は、同士になったのだ。

酒の瓶を揺らしながら、昔のことを思い出して、ルイはやはり憮然とした顔だった。

「……そんなに沈むくらいなら、ここまで来なければよかったのよ」

隣ではトーチカが置き物のように俯いて、呼吸さえ聞こえない。ルイの機嫌はますます悪く、トーチカを八つ当たりの道具にしていることはわかっていたが、だからなんだと言葉を続ける。

「それか、思いを告げて、さらって逃げればよかったのよ……」

酒が唇のすべりをよくし、言葉をつなげればつなげるほど、詮のないことだと自分で思った。トーチカを責めるふりをして、結局は自責の言葉でしかないじゃないか。

なじられたトーチカは答えずに、また酒の瓶をあおりながら、

「ルイ様こそ……」

と、信じられないことだが、反抗してみせた。

ルイが振り返ると、トーチカは抱えた自分の膝に額をつけて、冬を越す獣のようにまるくな

ったままぼそぼそと言った。

「……今頃、何人の男が、泣いているか……」

「あら」

ルイは頬に指をあてて、まばたきをしてみせた。

そして小さな微笑みをこぼし。

「だったら、嬉しいわ」

その言葉は軽口でも自慢でも強がりでもなかった。だからこそトーチカからは、珍しく短いため息のような音がもれていた。

それはあるいは、ルイに想いを寄せるフェルビエの男達の代わりの嘆息だったのかもしれない。

美しくはかなげに微笑む、その表情に幾多のフェルビエの男が落ちたことだろう。男遊びはルイの生来の性分で、背徳と呼ぶにはあまりに軽やかだった。屈強な戦士も勤勉な学者も、働き者の料理人も、誰もが彼女に夢中になる理由は、その外見的な美しさだけではなかった。

いつだって、心を寄せるのは彼女が先なのだ。

楽しむように異性を想い、微笑みを投げかけ、時に自らの織ったハンカチを差し出した。けれど彼女はただひとつ、「雪蟷螂」と呼ばれるフェルビエの女とは違っていた。

やがて男が彼女に想いを寄せ始める頃、あるいは幸福に満ち手をあわせ始めるに従って、ルイは寄せた波が沖に返るように、静かに身を引いていくのだった。ルイのことを悪女と呼ぶ向きもあったが、彼女のささやかな倫理観によって、「相手のいる男」に惚れることがなく、また彼女自身の想い相手にしか伝わらないほどひそやかなものであったがために、表だって彼女を糾弾するものはいなかった。

素行をなじるにはルイは有能で、もちろん主であるアルテシアはその軽やかささえ容認していた向きもある。一度たりともなかった。そしてまた、アルテシアに迷惑がかかるようなことは

「覚えていてもらえるのなら、幸福よ」

だから彼女のことを心の底から悪女だと思っているのは、多分ただひとり、彼女自身だけだった。

「――でも、誰も、私をさらってくれやしなかったわ」

そんな望みなどもったことは一度たりともなかったのに、ルイはその言葉を呟いた。

「……ルイ様？」

顔を上げてトーチカが尋ねた。

「冗談よ」

とそう、微笑みながら返した、その時だった。

ガシャン、と座り込んだ地面に響く重い音を聞いた、気がした。

空耳でも聞いたかと耳を澄ませたルイは、また数度、なにかが倒れるような音、そして割れるような音——。

どれも小さく、くぐもっていたが、確かに、した。

不穏な音の鳴った方向に、ルイが首を回す。

その時にはもう、隣のトーチカはばねのように立ち上がっていた。彼が転がるように走り出した先にある扉に、ルイは慌てて悲鳴のような声を上げる。

「トーチカ……‼」

いけない、駄目だとルイは言おうとした。

しかしルイの言葉はきっとトーチカには届かない。彼女もまた持っていたカップを捨て、トーチカのあとを追う。もつれる足では、驚くほど俊敏な動きをするトーチカと間が開いた。

視界の先でトーチカは厚い扉に耳をつけ、叩きつけるような乱暴なノックを数度。

「トーチカ、なにを——！」

気でも狂ったかとルイがその肩をつかもうとするが、肩に指先が届く前に、トーチカはもはや鍵のかかからないそこへ転がり込んでいた。

そう、あろうことか、ミルデの族長、その寝室へ。

薄い灯り、中にはアルテシアとオウガがいるはずだった。まさにこの夜にここまでの無礼を働いて、トーチカが無事で済むどころか、ことによってはこの婚礼自体が無事に済まなくなる

かもしれない。

そんなことにでもなれば、二つの部族は、なによりアルテシアは——。

絶望的な気分で扉にすがり、中に踏み込んだルイは息を止めた。

筋肉の末端まで凍りついたように動かない。

雪。

まず最初の瞬間そう思った。

寝室に散乱する白いものが、舞い上がる雪のようにルイには思われた。——かーそれはただの幻覚で、もっと柔らかで大きく軽い、鳥の羽だった。

引き裂かれた寝具。

倒れたテーブル、割れた飾りグラス。

トーチカの銀の刃がささやかな灯りをうけて鈍く輝いていた。戦場以外で滅多に見せることのない彼の指は長さが揃っていない。まだ手が育ちきる前に、冷たさに神経を屠られたせいだ。異形の手に一体化するようにくくられた刃——その刃を受けているのはミルデの族長だった。しかし彼よりも先に、ルイの視界を奪ったのは、その足元に倒れた美しい肢体。

彼女の主。フェルビエのアルテシア。

散った赤い色。彩るように地に落ちた一房の銀の髪。

「――……!!」

息を吸い、止め、そして、彼女が絶叫せんとしたその時。

「ルイ」

静かな呼び声が耳を打った。

「ルイ。鎮まれ」

「ルイ。扉を閉めろ」

ゆっくりと地についた身体を持ち上げ、低くささやかに言ったのはアルテシアだった。首筋に薄く傷を負っていたが、血は止まりかけている。

片頬にかかる髪が他とは不揃いで無惨だった。

乱れた夜着を直そうともせずに、今度は頭上で剣を交わす二人の男を見上げ、

「トーチカ」

アルテシアは自分の婚約者ではなく近衛兵の名を呼んだ。

トーチカは歯を強く噛み合わせ、剣を持つ腕に力を込めている。対するオウガも短剣で太刀を受けながら、相手の動きをうかがっていた。

その肩は微動だにせず、息をすることさえ忘れているのだろう。

剣をおさめる様子のない両者に、アルテシアはため息をついて。

「トーチカ。私の声が、聞こえないか」

もう一度、言葉を重ねた。

第三章　狂人の現神

「剣をおさめて、私の後ろにひかえろ。いつまで私を、倒れたままにしておく気だ」

その言葉に、トーチカが歯ぎしりしませ、オウガの剣をはじいた。乱暴な動作にオウガは唇を歪ませて笑い、トーチカがアルテシアを助け起こす様を見下ろした。

「よく調教の出来た犬だ」

その時に至って、ルイは自分もまたずいぶんと長く息を止めていたことに気づき、薄く長く息を吐きながら、そっと後ろ手に扉を閉めて、アルテシアの背後に忍び寄った。

オウガはまたルイを視界にいれ、嘲笑の色をにじませる。

畏れは感じなかった。

ただ、アルテシアの白い肌についた薄い傷を見るにつけて。

（殺してやりたい）

邪視なるものが存在し、視線だけで相手を呪えるのならとルイは思った。自分の上着をアルテシアにかけると、アルテシアはそれを受け取った。小刻みに震える拳が、彼の激情をわずかに物語っていた。

ルテシアの背後にひかえている。

ルイもまた、このまま引くつもりはなかった。

「——弁解を。ミルデ族長」

怒りに震える声で、ルイは言葉を絞り出した。

オウガはアルテシアの婚約者だ。死した両者の父親がそう決め、アルテシアがそれを受け入れたのだから、ルイは反論する手だてを持たない。

けれどオウガはアルテシアに手を掛けた。

言い逃れなど聞かないとルイは自分に言い聞かせた。

三人を前にして、ミルデの族長は鷹揚に佇み、「初夜にとんだ邪魔が入ったものだ」とわざとらしいため息をついてみせた。

青ざめたルイの顔が強く歪められる。

「この――」

「下がれ、ルイ」

思わず口をついて出そうになった言葉を遮るように、アルテシアの低い声がかかった。

「陛下、でも……!」

アルテシアはその薄い色のまつげを伏せて、ルイの傍らから一歩踏み出した。

「私がいいと言っている」

その口調は静かだったが、それゆえルイは自分の行き過ぎに気づいた。アルテシアの横顔に怒りはにじんでいなかった。無防備ともいえる落ち着きで歩み出す。

「戯れであったというなら私の方から謝罪しよう。私も、興が乗ってしまった」

事態をおさめるつもりなのだとルイにはわかり、焦燥に胸が焦がれた。あのように女が血

第三章　狂人の現神

を流すような戯れなどあるはずがない。

トーチカもまた、握った拳により強い力をこめたのが、その震えでわかった。

しかしオウガはその言葉に吐き捨てるような笑いで答えた。

「いいや？　俺ははじめからお前を組み敷いて、殺すつもりだった」

愉快な予定を話すような口ぶりで、彼は言ってのけた。

「今もそうだ。フェルビエの族長どの。仕切り直すか。それともそこの」

トーチカをあごで示す。

「鍛錬の相手なら、いくらでも」

「忠犬の近衛兵が先に相手になるかっ？」

あくまで静かに返すアルテシアに、オウガはついに嘲笑以外の表情を見せた。

「平和主義を気取るのかと思えば、蛮族の血気だけはあるということか。豪傑なのか、阿呆なのかわからんな」

呆れ顔でそばにあった椅子を蹴り上げ直し、乱暴な動作で座ると「俺の興はそがれた」と吐き捨てた。

「真剣を取らぬというのなら、フェルビエに逃げ帰れ。雪蟷螂の女族長。お前の首をここで氷雪に晒し、開戦の狼煙としてやるつもりだったが、お前の剛気さに免じて見逃してやる。俺はお前の髪を切り、肌に刃をいれた。このミルデの族長オウガ自ら、だ。十分だろう。一族郎

党引き連れて、正面切って戦にくるがいい」
「婚礼を破談にすると？」
「まだそんな呆けたことを言うつもりか」
　オウガはもう笑ってはいなかった。
「開戦だ。戦をする気がないというのならば——」
　低い声と、暗い瞳。
「侵略と蹂躙だ。山脈にその血を晒せ。フェルビエの野蛮人ども」

　目を合わせた時から感じていた。それはまるで誘うようにあからさまな殺気であったものだから、アルテシアの身体は向けられた刃に対して条件反射のごとく動いていた。寝所に懐剣を持ち込んだのは展開を見越したわけではなく、ただの習慣だった。しかしトーチカに待機を命じたのは、それなりの予感があったからだった。
　寝所へ、いつでも踏み込んでこられる用意をしていろと、皆まで言わせずトーチカはアルテシアに首肯した。
　いつもよりも口数の少ないトーチカに、『方法は任せる。気に留めていてもらえばいい』と

とアルテシアは言った。トーチカの気持ちは、あえて汲まないつもりだった。
彼女の懸念は果たして現実となり、オウガはアルテシアに刃を向けた。
アルテシアは思った。予告のように殺意を向けられていたのだから、交渉と勝負はその先だと思っていた。
オウガがアルテシアを愛することがなくとも、よしんば憎んでいても、婚礼だけは果たさねばならない。

殺されるわけにはいかないし、ましてや殺すわけにもいかない。
これは、そういう形の戦だった。

「ミルデのオウガ」

決して激昂することのない声で静かにアルテシアは言った。

「この婚礼は私の意思ではない。同時にまた、貴君の意思でもない」

アルテシアの言葉はただの確認だ。わかりきったことだ。

「しかし、反故には出来ない。かつて私の父、そして貴君の父が、血と血でもって交わした婚礼の約定だ。貴君は、尊き先代の顔に泥を塗るつもりか」

アルテシアはオウガなど毛頭なかった。情に訴えるつもりなど毛頭なかった。

「戦の終結。それはミルデの誇りに問うた。先代の悲願のはずだ」

「確かに」

オウガは頷いた。

「この婚礼は先代の悲願だった」

しかし彼の言葉は、もはや過去を語る口調だった。

「だが、時代も人も時とともに移ろうことしかり。俺もお前も、先代ではない」

「私と貴君の話をしたつもりはない」

遮るように、けれど静かに、アルテシアは言葉を重ねた。

「先代を貶めるつもりか」

「──先代を、貶める?」

こらえきれないというように、オウガは笑った。

「まさかフェルビエの口からそんな言葉を聞けるとは思わなかったな」

乾いた笑いと、侮蔑の視線。そしてはなたれる言葉は、静かな怒り。

「──ミルデの誇りを蹂躙した、蛮族どもの口から」

思いもよらない言葉に、アルテシアが眉を顰めた。確かにフェルビエとミルデの対立は一朝一夕のものではない。けれど彼の言葉は歴史上の確執を指すようなものではなかった。

「どういうことだ」

正面切ってアルテシアは尋ねた。オウガの眼球が動き、アルテシアを射貫く。

「まだ白を切るつもりか」
 いいだろう、とオウガは頷く。
 立ち上がり、部屋の奥、厚い布の掛けられた棚に歩み寄ると、オウガは布を引いた。

(……?)
 不思議な強い香がたちのぼった。
 アルテシアが目を細める。薄闇の向こうに見えるそれは、大きな祭壇に飾られた——。

(人形?)
 オウガが傍らの灯りに手をいれ、辺りの明るさが増す。

「紹介しよう」
 戯れのような口調で、けれど暗く澱んだ声色で。

「俺の母親だ」
 オウガはそう言った。
 息を呑んだのは背後にひかえたルイだった。悲鳴を呑み込むような気配があった。トーチカの息づかいも一瞬、消えた。
 オウガがあらわしたのは、確かに彼の母親だった。祭壇にまつられた、美しい女の装束。小柄な肢体。しかしその頭部にあったのは、
 ——もはや美しさなど見る影もない、死人の顔だった。

「ミルデの現人神(あらびとがみ)」

かすれた呟(つぶや)きが、口をついて出た。

蛮族(ばんぞく)フェルビエとミルデがフェルビエをなじる時、フェルビエもまた、ミルデを蔑(さげす)み彼らをこう言う。

「死人狂(ぐる)いのミルデ」と。

呪(のろ)いと祈禱(きとう)を多く執(おこな)り行う彼らの特殊な信仰(しんこう)は、人間の死後により強くあらわれた。

彼らは近しい人間、愛(あい)した人間、尊(とうと)ぶ人間が死に倒(たお)れた時、その肉体を神の依代(よりしろ)とするために、つちかわれた特殊な技術でもって死体を保存(ほぞん)する。

生きた時間よりも永らえる、それは神の宿(やど)る木乃伊(ミイラ)。

祭壇(さいだん)を与え、彼らは木乃伊となったその死後を『永遠生(えいえんせい)』と呼んだ。

かつてミルデとフェルビエの戦(いくさ)でも、彼らは勇敢(ゆうかん)に戦い散(ち)った戦友(せんゆう)の首を切り落とし、持ち帰った。

人体は完全な形で依代となることが好ましいが、叶(かな)わぬ時は首だけでも彼らの生きた証(あかし)を残そうとするのだ。その姿(すがた)はまるで死神(しにがみ)のようだったと、フェルビエの戦士(せんし)はのちに語った。

自らの仲間(なかま)の死体の首を切る。

蔑視(べっし)するつもりは、アルテシアにはなかった。受け入れなければならないと思っていた。受

け入れることは出来なくとも、理解はしなくてはいけない。理解は出来なくとも、そこにある、ということを認めねばならない。
　そうでなくては、二つの異なる文化をもつ一族が、ともに歩むことなど出来ないはずだった。
　はじめて見るミルデの「永遠生」は、得も言われぬグロテスクな神聖さをまとっているように、アルテシアには感じられた。
　美しくはなかった。
　けれどただの、死した抜け殻とも思えなかった。
　あるいはそれはミルデの信仰がそうさせるのかもしれなかったが、確かにそれはひとつの、神の形であるような気がした。
「俺も死ねばこの姿を得るだろう」
　オウガは静かにそう語った。永遠生を信仰するミルデにとって、死は消失ではなかった。
　それはひとつのはじまり。神となり、新しい段階において子々孫々を見守る。
「ミルデ族長の永遠生は絶対だ。代々の身体はミルデの守り神として永遠にまつられる」
　しかし、先代はそうはならなかった、とオウガは静かに語った。
「ミルデの永遠性は穢された」
　どういう意味かと、アルテシアは強い視線で続きを促す。
「ガルヤとはミルデの先代の名。かつてアルテシアの父親と剣を交えた、オウガの父親の名前

である。
オウガは感情を消した声で、静かに事実だけを語った。
「十日前、ガルヤの祭壇に賊が入った」
こくりと、誰かの唾を飲む音が耳に聞こえた。
「その賊は、先代の首を持ち去ったのだ」
オウガが笑った。
怒りとも、蔑みともつかない笑いだった。
「この意味がわかるか。蛮族フェルビエ。俺は、この暴虐を、許すことは出来ない」
アルテシアは、心を落ち着けるように、息を吸い、吐いた。
「——その賊が、フェルビエの手のものであると?」
雪の夜の静けさを保ちながら、アルテシアは問いかけた。
「他になにがある?」
「言いがかりです!」
声を上げたのはルイだった。
畏れ知らずのアルテシアの影は、決して退くことなくオウガに嚙みついた。
「どこにそんな証拠がありますか!?」
「証拠? そんなものが必要か? 替え玉の娘」

第三章 狂人の現神

オウガは獣の笑みで、吐き捨てた。
「今、この時に、ミルデの永遠性を穢す輩があらわれ、それがフェルビエではないと誰が言い切れる！　証拠など必要ない。ガルヤの永遠生の冒瀆を知ったミルデの民は、フェルビエの蛮族を決して許さぬ。この婚姻は、ガルヤの悲願あってこそだ」
　アルテシアは視線を逸らすように目を伏せた。
　そう、証拠など必要ないとアルテシアも思った。今この時であったことが、証拠になるだろう。代々に渡る確執をほどき、歩み寄るこの時に。
　永遠性への冒瀆は、誰の手によるものであろうと、ミルデの民にこう告げている。——フェルビエを滅ぼせと」
「ガルヤの怒りは、ミルデの民意を逆上させるに足るものだ。
　ミルデとフェルビエは今確かに歩み寄ろうとしている。しかしその両の手にはまだ刃が握られている。潮が満ちるようににじりじりと近づき、ようやく手を取り合う段になって、その刃を地に置くのだ。
　今この時に、ミルデが逆上すれば、交わるのは手と手ではない。
　刃と刃であり、血と血である。
　山脈の雪はまた赤く染まるだろう。繰り返される戦。しかしそこに散る血は、生命は、決して繰り返すことはない。
　フェルビエの民には、死の向こうに訪れる永遠などないのだ。

馬鹿げているとアルテシアは思うのに、言葉にならなかった。こんな開戦は馬鹿げている。互いの族長が刃の届く距離にありながら、むざむざ別れて互いの部族を戦の駒に使えという のか。
　決着をつけるというのなら今、ここで。
（違う）
　振り切るように自分の思考を止めた。正さねばならないのはそこではない。私の役目は違うと、アルテシアはわかっているのに、考えがまとまらなかった。
「なにを躊躇うことがある」
　アルテシアの迷いを読み取ったように、静かに問いかけてきたのはオウガだった。笑みさえ浮かべて、彼は言った。
「寝所にまで刃を離さぬ雪蟷螂の申し子よ。再びの戦に、お前の心は沸いているのではないか。
　蛮族フェルビエ」
　違うのかと問いかける。
　アルテシアはまぶたをおろした。胸の奥がくすぶるように疼いている。
　この疼きは、否定することなど出来ない、興奮と高揚ではないか。
　戦えと、胸の奥から歌う声がする。
　——この熱が我が命。

子守歌よりも染みいる、彼女の一族の戦うた。しかしその歌を打ち消すように、聞こえたのは、小さく静かな、問いかけだった。

(春は、美しいですか)

父の言葉でも一族の言葉でもない。自分自身のかすかな声だ。

アルテシアは美しいまつげを震わせ、まぶたを上げる。

「剣は捨てない。蛮族の誹りは甘んじて受ける」

戦の民として生まれた、この生き方は捨てようがない。

「けれど、いたずらに互いの血を流し合う時代は終わった。私たちは、山脈の民として手を取り合わねばならない。やがて来る変化のために。この地を守り、すべての山の民の誇りを守るために、互いの血を互いの血で洗うような無為は、もう止めねばならない。そのための、婚礼であり、私はそのために、貴君の妻になりにきた」

朗々と語る、アルテシアの言葉は威厳に満ちていた。

大局を見据えねばならないのだと、彼女の父親は言っていた。いつか来る時代、外界とも下界とも呼ばれる、山脈の下に広がる国々。その国々が、いつ山脈を取り込まんと才をむくのか。そうはならないとしても、自分達の誇りを守り、共存していくためには、争いに衰弱した弱々しい部族では駄目なのだ。

しかしオウガは「自己犠牲の美談に涙が出そうだ」とわざとらしく肩をすくめしみせた。

「手を取りあう必要などない、と言ったら?」
「貴君の父上はそう言わなかった」
 アルテシアの父は聡明で、ミルデの族長もまた、等しく聡明であったのだろう。彼らは、いつか来る未来のことを考えていた。だからこそ、迎えることが出来た婚礼のはずだと、アルテシアは思っている。
「その首を奪った──」
「首が戻れば」
 オウガの言葉を遮るように、アルテシアが言葉を重ねる。
「婚礼を進めてもらえるのか」
 背後にひかえた二人が驚いたようにアルテシアを見たのがわかった。
 オウガの顔が暗い笑みに歪む。
「許し乞いか、ミルデ族長の首を賭け、脅迫でもする気か」
 その言葉は強い糾弾だった。
 アルテシアは視線を逸らさない。
「私は、フェルビエのアルテシア。この血の誇りにかけて、貴君に嘘はつかない」
 賊に奪われたとされる前族長の首を、取り戻してみせるとアルテシアは言った。
「私には手がかりひとつない。だが必ず成してみせる。恩を売るつもりはない。貴君の妻とし

て、ガルヤの首を取り戻し、真実を明らかにしよう」
　静かな声で付け足した。

「私にも、義父上となる方だ」
　その段に至り、オウガが不意を突かれたような、不可解な顔をした。猛々しい気に覆われた彼が、はじめて見せた素の表情だった。

「……本気で言っているのか」
「その者を私の手で裁く」
「フェルビエの人間がつかまったのならどうする。オウガは不愉快げに舌打ちをする。一体どう責任を取るつもりだ」
「その程度で済むと思うのか」
　アルテシアは誓いの言葉のように、繰り返した。

「嘘はつかない」
　それはないと、かばうことはしなかった。本当に賊が入ったというのなら、その犯人は、フェルビエの人間である可能性も、ミルデの人間である可能性も、それ以外の者である可能性も、どれも同程度にあるとアルテシアは思った。

「ふざけるなと詰問するオウガに、アルテシアは静かに目を伏せた。
「フェルビエの民は、私の民であり、貴君の民だ」
　アルテシアは決して引くことはなかった。長い沈黙のあとに、首を立てて息沈黙がおりた。

を吐いたのは、オウガの方だった。
「それで俺を納得させられるというのなら、やってみるがいい」
続く呟きは呆れたため息まじりで、フェルビエの女は常軌を逸している、という意味のことを、美しくない言葉で言った。
「ガルヤは今、どこに」
オウガの部屋にまつられていたのは彼の母親ひとりきりのようだった。オウガは視線を逸らすと、
「ついてこい」
返事は聞かず、オウガは身体を反転させて、羽の散った部屋から出て行った。
躊躇うことなくアルテシアはそのあとに続き、またルイもトーチカも粛々と歩を進めた。
いつの間にか夜も更けきり、宴の声も静かになっていた。
火種がじりじりと燃える音がしている。四人が向かったのは、屋敷の地下室だった。
地下室の床と壁にはびっしりと凍土と石が敷かれ、やはり独特の香がした。外の空気よりもなお冷たく、喉の痛みを覚えるほどだった。
幾重にも封をされた扉。
オウガが胸元から小さな鍵を取り出し、その鍵を重たい錠に差し込むと、きしんだ音を立て、金属の扉が開く。

「ようこそフェルビエの民よ。ここがミルデの、神の間である」

橙の灯りが辺りを照らす。

誰ともなく喉を鳴らす音が、大きく響いた。

壁にはりつけられた人の形。豪奢な衣装と、それぞれの冠。そして露出されたその頭部。落ちくぼんだ目の穴。むき出しの歯は朽ちた色。ひとつひとつが違う面立ちであったが、眺め比べる気にはなれなかった。

「ここに鎮座すは代々のミルデの族長のみ。いずれは俺もここに連なる」

あるいはお前もここに残るかと、唇を曲げて笑いながらオウガが尋ねた。アルテシアはそれには答えず、まっすぐに一番奥を見る。

「これが……」

「ああ、そうだ」

「一番奥、一際豪奢で、そして並ぶ装束の中で一番新しい外套を掛けられた人形があった。輝きを失わない冠だけが、名残のように首根の上に乗っている。

「ミルデ族長……ガルヤ」

頭部の抜き取られた人型は、こうして見るとただの服の詰め物のようだった。木乃伊となった彼が胸に抱くひからびた皮と骨。

目をひいたのは、五本の形に、それが人間の腕であることがかろうじてわかった。

「……この、腕は」
　問うより先に、ガルヤが唇を曲げて笑った。
「戦果だ。本来なら、お前の父親の首を抱くはずだった挑発にしては投げやりな言い方だった」
　アルテシアはその細い手首に、深く合点した。
　戦果。ミルデ族長ガルヤが生前に挙げた、一番の戦の宝。それは、フェルビエでも、人々の指揮をとる戦士の中のもの。
　先のフェルビエ族長の実妹にして、アルテシアの叔母、今は病に伏せるかつての戦士、ロージアの腕だった。
　曲がりなりにも彼女を剣の師とするアルテシアにとって、彼女から一本の腕、一本の刀を奪った相手の姿は苦々しさを覚えた。また同時に、彼がこうして死後まで彼女の腕を戦果として持ち続けているということは、彼女がどれほど素晴らしい戦士であったのかを物語っているようでもあった。
　ロージアは大使としてこの館へ何度も訪れ、オウガとも会ったことだろう。しかしオウガはそのことには触れず、言葉をつないだ。
「特別な式典でもなければ、ミルデの民であろうとこの部屋には出入りすることは出来ない。鍵は俺が身につけている。壊された様お前との婚礼に、先代の永遠生は参列するはずだった。

「子もない」

それではやはり、フェルビエが侵入したという確証はないのだ。もちろん、オウガにしてみれば、確証などあってもなくても同じことなのだろう。

「賊はいつ」

「ひとつきから、ふたつきまでの間だ」

ずいぶん日が経っている。

「捜索はしなかったのか」

「しなかったと思うか？」

オウガの言葉は剣呑だったが、その声に重圧はなかった。ため息とともに肩をすくめる。

「信用の出来る人間に調べさせたが、手がかりはない。あるいはもう、どこかで焼かれているのかもしれないな」

淡々とした物言いだった。それがアルテシアには不可思議に思えた。

彼にとっては父親であり、信仰対象のはずだ。それがこうも貶められているというのに、オウガの怒りはどこか淡泊で他人事だった。

他のすべてを憎む態度をとる一方で、すべてがまるでどうでもいいことのようだ。

「お前の探すものは、もうこの世にないかもしれない。それでもまだ、賊を捜すというか？ フ

「エルビエの族長どの」

アルテシアはしばらく沈黙していたが、やがて静かに薄い唇を開いた。

「捜索をしたと言ったが。……盟約の魔女のもとは訪ねたのか」

その言葉に、オウガの眉が跳ねた。思いもよらない言葉を聞いた顔だった。しかしアルテシアからしてみれば、その驚きこそ意外だった、

「彼女ならば、わかることがあるかもしれない」

 盟約の魔女とは、山脈に暮らすひとりの隠者の呼び名だった。どの一族とも一線を画し、自在に魔術を使うとされる彼女を、山脈の人間は畏怖を込めて「魔女」と呼ぶ。

 この山脈では、悪事を働く子供に親が囁く台詞がある。『いい子にしていないと、魔女の谷へ捨てにいくぞ』という言葉を聞いたことのない子供はいないだろう。まるで伝承のような存在だ。

 しかし決して言い伝えだけの人物でないことを、アルテシアとオウガは知っている。

「馬鹿をいえ。魔女の谷はここから雪馬車を走らせても三日はかかる場所だ」

「しかし彼女は千里を見通す目を持つとされる」

 重ねた言葉に、オウガは渋面のまま首を振った。

「俺は魔女など、信じてはいない」

「だが、二人の先代は信じていた」

第三章 狂人の現神

かつてフェルビエとミルデが争いを終結させるため、婚礼の約定を交わした。その立ち会いとなったのが、山脈の魔女その人だった。完全なる中立の存在である山脈の魔女はその約定に立ち会い、彼女は山脈においてこうも呼ばれるようになった。

盟約の魔女。

直接に会ったことはなかったが、アルテシアとオウガにとっても、浅からぬ縁のある人物だ。

「トーチカ、すぐに私の用意を」

間髪入れずアルテシアが指示すると、やはりトーチカも返事とともにすぐさま動く。オウガは今度は不可解さを隠しもせずに、「お前が行くのか」と呟いた。

「それが私の誠意だ」

「蛮族の阿呆は真性か」

オウガの言葉はあざけりではなく、たしなめるような響きを帯びていた。

「嫁入りをひかえた娘が、魔獣の巣くうとされる魔女の谷へか。それにどうだ、お前がこのままフェルビエに戻に、フェルビエ自らこの事件を吹聴する気か。俺がこの冒瀆を民に広める前り、大挙をなして攻めて来ないという保証が、一体どこにある？」

アルテシアはまばたきをした。そうか、と思った。

──そうか、ミルデの人間達にはまだ、フェルビエ侵攻の意思はないのか。

「ならば」とアルテシアは剣を取り、
「私は今より出自をなくす」
自らの首の後ろに手を入れ、銀の髪を握りしめると、懐剣を思い切りよく横に引く。
「陛下――!?」
ルイの悲鳴のような呼び声の中、不格好な音を立てて、アルテシアの銀の髪がちぎれるように地に落ちた。オウガにより一房切られたとはいえ、美しく長い髪はこの山でも女の象徴だ。
唖然とするオウガ。この世の終わりのように真っ青になったルイ。戻ってきたトーチカも、あごが外れたように立ちつくした。
長い飾りをなくした頭は、思うよりもずいぶん軽く感じられて、いっそすがすがしかった。
「トーチカ。私の兜を」
「は、は……」
トーチカは開いたままの口で固まっている。その手から荷をはぎ、鉄の兜と鎧をまとった。短い髪は収まりきらなかったが、アルテシアの長い髪は有名だ。フェルビエの集落に向かったとしても隠しきれるだろうとアルテシアは思った。
その姿を呆けたように見ていたオウガだが、不満をあらわに怒号をあげた。
「そんなことで済むと思うのか! ここでお前の不在を俺に隠し通せと……」
言葉は中途に止まる。彼も思い当たったのだと、アルテシアは感じ取った。

第三章　狂人の現神

「——出来るな？」
　振り返らずに、アルテシアは言った。
　暴君のような言葉だと、心のどこかで自分をなじる。
　自由をと、一度は囁いておきながら。
　衣擦れの音がした。跪いたのだと、気配だけでアルテシアにはわかった。
　そうして震えることも迷うこともない声で、アルテシアの身代わりは歌う者もなく静かに言うのだ。
「——陛下の仰せのままに」
　戦は二十日。半身のような少女を人質に差し出し、アルテシアの戦は、歌う者もなく静かにはじまった。

　アルテシアを見送るために、ルイはトーチカとともに、屋敷の外へと出た。
　美しい銀の髪が引き裂かれ地に落ちた時、絶望とはこのことかとルイは思った。それほどに打ちひしがれ、目の前が暗くなるほどだった。
　これが誠意だと、アルテシアは言った。
　あの美しい髪を裂く誠意になんの意味があるのかとルイは思ったが、彼女の覚悟は自分の覚

悟だと、ルイは自然に膝をついた。

いかなる時もアルテシアの思考をなぞる癖がついていたから、当然のことだと思った。アルテシアを送り出し、人質のようにミルデのもとに残ることに、ルイはなんのためらいも持たなかった。

むしろ、そのために、自分はここまで来たのだと思った。それだけで、威厳を身にまとうルイを、ミルデの族長オウガは感嘆とも呆れともつかない息で迎えた。

「女は化ける」

ルイは静かにオウガを見据えた。彼女の魂はもはやフェルビエの族長と等しかったから、憎むように睨みつけるわけにはいかなかった。

妙な男だと、冷めた気持ちでオウガを見たルイは思った。敬愛する主君を奪う婚約者ではなく、自らの結婚相手だと思うと、実に不可思議な男だった。

彼は一体どうしたいのだろう。

この婚礼を。先代の思いを。そして二つの部族の未来を。アルテシアを。自分の役目なのかもしれないと、ルイは思った。

それを見極めることもまた、自分の役目なのかもしれないと、ルイは思った。

「留守を頼む」

雪馬車を停めた勝手口で、アルテシアがルイに囁いた。

彼女はもう、戦装束を身にまとっ

第三章　狂人の現神

ていた。その背がルイを振り返り、仮面の下から彼女を見た。

「苦難ばかりを、任せる」

その囁きに、ルイは困ったように笑うと、「陛下ほどではございません」と答えた。嘘ではなかった。

「私はこの地で、陛下に代わり、出来る限りのことをいたします」

「──ひとつだけ。約束をしてくれるか」

ルイは驚いたように眉を上げた。「なんなりと、ご命令を」と微笑を浮かべる。約束なんて不似合いなものは必要なかった。

死ねと言われれば死ねると、ルイは思った。

アルテシアはまっすぐにルイを見た。仮面に隠れていても、その視線をルイは受け止めた。

「自分の命よりも、私の立場を優先させる必要はない。──逃げても構わない。暇を与える、その言葉は、まだ有効だ」

ルイなら、平気だ」

ぐっとルイは唇を嚙んだ。

死ねと言われるよりも非道だと、心の中でアルテシアをなじった。ルイなど、いなくても大丈夫だと言っているのだ。

そんな言葉が欲しいのではない。

まぶたを震わせ、熱い獣の皮に包まれたアルテシアの手に自らの手を重ねて。

「平気ではありません」

とルイは言った。

「陛下が戻って来たのち、陛下の御髪を整え、早急に髪飾りを用意する必要があります。ミルデの者になど、任せられるものですか。私がしなくては、絶対に駄目です」

アルテシアが静かに黙す。

笑ったのかもしれないと、ルイは当てずっぽうに思った。

そうして小さく頷く、それだけが、アルテシアの返答だった。

「トーチカ」

次にアルテシアは、おろおろと傍にひかえていた近衛兵長の名を呼ぶ。

「は、……い！」

裏返った声で珍しくも背筋を伸ばし直立するトーチカの肩に、すれ違いざま手を置いて、

「フェルビエ族長を守れ」とアルテシアは静かに言った。

「しかし、陛下……！」

肩を震わせ反論しようとするトーチカに、「黙れ」とアルテシアは冷たく言い放つ。

「同じことを何度も言わせるつもりだ、トーチカ。お前は、族長アルテシアの近衛兵だ」

ルイはその言葉を少なからず意外に受け取った。ルイの知るトーチカは確かにアルテシアの犬であり、反抗など見たことがなかったからだ。

第三章　狂人の現神

鋭い言葉に、トーチカは答えることが出来ず、拳が震える。

幸いなことに、外は静かだった。白く降るものがない代わりに、辺りは凍りつく寒さだった。凍る雪原を踏みしめ、別れの言葉もなく、アルテシアは雪馬車に乗り込んだ。ルイとトーチカの後方で、扉に身体を預け、厳しい表情で腕を組むオウガには、一度だけ深く礼をして。

この足場では、小走りほどの速度しか出せぬだろうが、それでも造りのいい雪馬車は彼女を厳しい寒さから守るだろう。

身を切る寒さの中で、ルイとトーチカは雪馬車を見送った。

雪馬車がまだ視界から消えぬ間に、隣で立ち尽くしていたトーチカが、ルイの方を向き、ばねがごとくの勢いでその腰を折った。

「……申し訳、ありません」

ルイは決して視線を向けず、静かに言った。

張り詰めた冷たい空気を震わす、かすれた声に。

「……尊い主人の寝所へ、無断の進入は、許されることじゃあないわね」

その声はアルテシアに近かったが、優しく震えの残る響きは、確かにルイのものだった。してルイの言葉でありながら、それはアルテシアの権限下のものだった。

「暇を、取らせます」

彼の謝罪がなにを示すのかわかっていた。アルテシアは彼を、族長の近衛兵だと言った。

しかしルイはそうは思わなかった。彼はフェルビエの戦士であり、族長の近衛兵だが、それよりも先に。

アルテシアの、従僕だった。

「……行って頂戴、トーチカ」

たったひとり、戦装束をまとったアルテシアを守るために。

その命令はまるで願いのようだった。

ルイはもう、この場所を決して動けない。たとえアルテシアにこの先、どんな危険が迫ろうとも。

だから、自分の分までと、そう思った。

皆まで言わずとも、トーチカは再び腰を折り、雪原を転がるように駆けだしていく。アルテシアの馬車を追って。

その背をもう瞳で追うことはせず、ルイが身体を反転させると、ミルデのオウガと目があった。

まだいたのかと、失礼なことをルイは思った。

「……あの犬は」

やはり腑に落ちないという渋面で、オウガは呟く。

「お前の、恋人か？」

その一言を、ルイは鼻で笑ってやった。

決してアルテシアがする仕草ではなかったが、まさかアルテシアに向けられた言葉のわけがあるまいと、ルイは思ったのだ。

「そんなわけないわ。あれは私の……」

同僚のようで、戦友のようで、手のかかる子供のようで。

けれど口をついて出た言葉は、全く違うものだった。

「私の、恋敵よ」

オウガを見据えれば、異国の言葉を聞いたような表情。

理解されることはないだろう。それで構わないと、ルイは目を伏せた。

彼女はもうルイには戻らない。アルテシアが無事に帰るまで、彼女は自分を、守り抜くことを決めた。

第四章　盟約の魔女

第四章 盟約の魔女

雪原をころげるように走り寄って来たトーチカが足をもつれさせて何度も倒れているのを知りながら、アルテシアは雪馬車を停めることはしなかった。

彼が諦めないことなどわかっていた。

雪馬車にしがみつき、乗り込み、這う這うの体でトーチカが背後についた。

アルテシアはため息をついた。ため息は白く変わる前に小さな氷片となる。

「来るなと言ったはずだがな」

「はい」

「戻れ」

「出来ません」

振り返らなくてもわかる。彼は押し殺した言葉ひとつ紡ぐのにも決死の覚悟をにじませていたる。はじめて——フェルビエの戦士としてはじめてアルテシアのもとにあらわれたトーチカも、かつて同じ答えを口にした。

今もルイはなにかの間違いだと信じてやまないが、トーチカが近衛兵となるためにフェルビエの猛者を十数名、なぎ倒したというのは本当のことだ。否、その言い方自体は正確ではない。

彼はフェルビエの猛者十数名になぎ倒されなかったのだ。結局彼が近衛兵としてかわれたのは剣技でも体力でもなかった。

骨が折れても体力を失っても、彼は倒れなかった。獣のようでさえなかった。

こんな言い方は誤解を招くが、と前置きをして、トーチカと戦ったフェルビエの戦士は彼をこう評した。

――狂人のようだった。

不可解であったし、同時に期待もした。剣を交えるつもりでいた。けれど彼はアルテシアに対し剣を持つことはなかった、同時に期待もした。彼はアルテシアに決して剣を向けないばかりか、アルテシアの剣は、己の血と肉で受けると言った。

その姿は戦士と呼ぶにはほど遠かった。背を丸めて、伸びきった灰色の髪で隠した顔面の肌はところどころ引きつり醜かった。異形の指が、彼の半生の壮絶さを物語り、そこに生きていること自デのものとも似つかない。ほとんど色の変わった肌は、フェルビエのものとも、ミル体を感嘆させた。

感じたのは奇妙な感傷だった。

不可解だとは思わなかった。異常だとさえ。

アルテシアは、いつかトーチカに確かめようと思っていることがひとつある。そしてそのいつかという日は、まだ来ない。

彼はそれから未だなにひとつ変わらず、アルテシアに向けて額をつけていた。御者台に踏み込むことさえなく、背後の荷台で。アルテシアは手綱を握りながら振り返らず、前だけを見ていた。風のない夜だったが、馬車を進めれば空気が動き、彼女の肌に触れてやすりのようにひ

りひりと痛んだ。足元こそ照らしてはいるが、五歩先までも見えない。方位を見ながら、闇に向かって急ぐのでいるようなものだ。

　山脈の冬は今が盛りである。道程は決して楽なものではないだろう。身分を隠して歩いてあればなおさらだ。

　魔女の谷には魔獣さえも住むという。我ながら無謀が過ぎた。それでも、勝たねばならない。

　勝機はなかった。

「……私は阿呆だと、あの男、言っていたな」

　呟きは自然に口をついた。

「は、……」

　トーチカはまだ低頭している。

「お前も、そう思うか？」

　もしもここにルイがいたらとアルテシアは思った。ルイはなんと答えるのだろう。あの儚くも強い笑顔で言うだろうか。陛下の行うことが唯一ですべてであると。

「…………」

「無礼を、承知で……」

「構わん」

　思うことを言えと促すアルテシアに、トーチカは躊躇いなく言った。

「五分、かと」

その答えがずいぶん意外だったから、アルテシアは黙ることでさらに続けさせた。

トーチカはぼそぼそと呟く。

「ミルデには、歩み寄りの余地が微塵もなく。賊についても……終始、投げやりでしかなく。あれでは、交渉も協力も、理性に基づく対立さえも」

ひとりごとのようだったが、彼にしては珍しいまでの饒舌さだった。

「ひとまず陛下の動きは、不意を打てたかと。こちらの我が通った、のですから、ミルデも、少しは理性を持って事態をとらえなおすでしょう。思う通りにいかないのが、不服でしょうから……多分、ああいう方は……そういう意味では、上々です」

「……なのに、五分か？」

なじるつもりはなかったが、自然に出た疑問符だった。しかしそれを糾弾ととったのか、トーチカはうっと言葉に詰まって再び荷台の底板に額をつけた。

アルテシアは嘆息した。

トーチカの発言はアルテシアには新鮮だった。これまでトーチカに意見などされた覚えはなかった。彼はいつも意思を身体であらわす人間であったから。

「……しばらくは、私はひとりだ。正すべきことがあったら言ってくれ。他者に選択を任せるつもりはないが、人の言葉も聞こえない愚鈍にはなりたくない」

「わたくしで、よろしければ……!」

その後しばらくトーチカは黙った。もとより口数の多い男ではなかったし、アルテシアも思案にふけっていたので沈黙を意識もしなかった。

「——それでは、陛下、ひとつだけ……」

だからおずおずとその声が聞こえてはじめて、トーチカが言葉を探していたのだと気づいた。

「なんだ」

前を向いたままアルテシアが発言を許す。

するとトーチカは通りの悪い声で、懇願するように言った。

「……髪、を、切るのは、いけません、です」

身を切られたほうがましかもしれない。しかもご自分でとは……。わたくしも、ルイ様も、

アルテシアは振り返らなかった。

「私の叔母上も髪は短い」

「ロージア様は……」

出かけた言葉を、トーチカは呑み込んだ。その続きが容易に想像が出来たから、アルテシアは小さく息をつく。

彼女は好んで短い髪を選択したわけではない。
——戦でなくした片腕では、髪を結うことさえ不自由なのだ。

「悪かった」

アルテシアの言葉に、トーチカはこれ以上ないほどに平服した。トーチカの言葉は多分正しかった。長い髪がどれほどのものとアルテシアは思うが、確かにこの身は守らねばならない。

アルテシアにとって、戦場で死ぬことは名誉ではない。彼女の名誉は戦場で生き抜くことだった。

向かう先は未だ闇。

春を待ち耐える、長い冬のようだとアルテシアは思った。

ずいぶん悩ましい表情をしている。

アルテシアが発したのち、ミルデの族長を眺め、ルイは思った。彼の迷いなどルイの知るところではなかったが、少なくとも迷わぬ人間ではないのだと思い、心なしか安堵した。思考せず、狂信のように戦うだけの人間とは、対話も交渉も出来ないだ

ルイが様子をうかがっていることに気づいたのか、オウガはルイに視線を向けた。荒れた室内を申し訳程度に片付けただけの寝室だった。オウガは必要以上に使用人を手足とすることに抵抗があるのか、それとも面倒なだけなのか。

彼はルイを見、これまでのように顔を歪めて笑った。

「なにかいいたいことがあるか、娘」

「いいや」

澄ました声でルイは言った。その言い方がアルテシアとよく似ていたせいだろう。オウガは不快さをにじませた。

「気色の悪い奴らだ。あくまでもフェルビエ族長として立つつもりか」

大股でルイに歩み寄ると、ルイの肩をつかみ、投げ捨てるように力をこめた。ルイはよろめくようにバランスを崩し、寝台に倒れ込む形となった。

ルイを見下ろし、暗い笑いのままで、オウガは自分のシャツの首もとをゆるめた。

「どこまであの冷血な族長の代わりが出来るか、見せてもらおう」

舌なめずりを隠そうともしない露悪趣味の相手に、ルイは反応を返さなかった。ただ半身を起こすと、自分の胸元の留め具を外し、懐剣を取り出した。

鞘に入ったその形に、オウガが反応するのがわかった。

ルイはゆっくりと微笑んだ。それだけで、辺りの空気がほころぶようだった。その笑み顔は、畏れを知らぬフェルビエの女族長のものではなく、ルイのものだった。

そして彼女は、自ら意識をして決してつくらない声で囁いた。

「私は、寝首をかかれる趣味はないのです」

そうしてオウガの胸元に鞘に入った懐剣を突き出すと、視線を上げて、言い放つ。

「私をお斬り下さいまし。雄々しきミルデの族長様」

オウガは答えなかった。いぶかしむように、微笑するルイを見た。

ルイはより美しく笑んで見せた。

「私の首を、お斬り下さいまし、と言ったのです。どうぞ、私の首を陛下の首とし、開戦の狼煙と」

「――どういうことだ」

問いかけは低く、表情は固い。

対するルイはどこかうつろに笑んで。

「私は、あなたを好ましくは思えません。――いけ好かない、のです」

アルテシアの代わりとして、オウガにどのように虐げられることも覚悟していた。自分は平気だと思っていた。しかし言っておかねばならないと思った。

「戦をはじめるというのなら、望むところです。陛下にとっては、この婚礼こそ、フェルビエ

の未来を賭けたひとり戦。けれどあの御方が、フェルビエとミルデのために、その身ひとつ刃に晒さねばならないとは？　己の未来を己で切り開く。結構なことだと私は思います。……私は、陛下のために死してみせる覚悟でここにいるのです」

命よりも立場を優先するなと、アルテシアは言った。けれど、無理だった。あるいはこの立場こそ、ルイの命だった。自分の生きる意味など他にないとルイは思っていた。

「黙れ、小娘」

胸元をつかまれ、ルイの細い身体が引きずり上げられた。牙をむく近さで、オウガが低く声を上げる。

「人を殺したこともない小物が粋がるなよ。一族の民すべてが貴様とあの犬のように狂うてはおらんのだ。戦で死ぬ人間の誇りなど、駒になったこともない人間が──」

「やはりあなたもそうお思いですのね、ミルデの族長さま」

触れあう近さで、ルイは囁いた。

「貴方も、戦がどれだけ、無為なものか、知っている」

オウガの表情が凍り、その手の力がゆるんだ。ルイはまた腰を下ろし、懐剣が地に落ちる音がした。

「──……謀ったか」

ルイは薄く笑った。

「馬鹿な殿方。残念ですわね。私ひとり殺したところで、よしんば戦がはじまろうとも、陛下は信念を曲げることなどございません」

その程度でアルテシアの気持ちが揺れるなら、わざわざオウガに頼むまでもない、自らこの首かっ斬り戦の狼煙としていると、ルイは呟いた。

「……曲げて、頂けるのなら、俯いて、ルイはかすれた声で言った。

オウガから目を逸らし、

「私の陛下の雄々しき婚約者さま、私は貴方が大嫌いですが、フェルビエ先代、アテージオさまほどではありません」

誇らしいことであるのに、ルイの表情は晴れなかった。

不敬ともとれる台詞ではしかし、この一連の会話の中で、一番深いルイの真実だった。

「どれほどの名君であっても、素晴らしいお父上であっても。自分の娘を和平のために売るなんて」

——恋ひとつ許さぬいのちなど」

幼い頃からルイはアルテシアとともにあった。だからこそ彼女は思っていた。

誰も言わぬのならば、ルイが言ってやる。

先代の族長は悪魔だと。

オウガはルイの言葉を聞き、憎々しげに舌を鳴らした。

「女はすぐにこれだ」

吐き捨てるような言葉は、必ずしもルイひとりに向けられたものではないようだった。目を逸らしたままで、彼はつなげた。

「二言目には恋だの愛だ。ほだされ狂う男も道化だ。戯れあいなど、理解が出来ない」

ルイは笑った。かすかに、けれど確かに。

「子供なのね、族長さま」

辺りを包む空気が一瞬色を変えた。と、気づいた時には遅かった。頰骨に痛み。首が回る、それだけでは逃がしきれない衝撃。硬い拳で頰を張られたルイは、ベッドに倒れ込んだ。

「口を慎め。蛮族の取り替え子」

ルイの嘲笑はミルデ族長の逆鱗に触れたらしかった。殺気を隠すこともない言葉を、ルイは迎え撃つように強い視線で返した。

「言われなくとも。私の名誉は陛下の名誉。この命に代えても、守りぬいてみせますとも」

オウガはその黒い目で、ルイを睨みつけると、気分の害を隠すこともせずに足早に寝室を出て行った。どこへ、と聞く気にもなれず、ルイはその背を仇のように睨みつけていた。

ゆるゆると手のひらを口元にあてると、口中にじわりと広がる、血の味。閉じられた扉。消える音。

(痛い)

思ってしまった。反射のように、閉じたまぶたの端から涙が落ちるのがわかった。

痛い。苦しい。ひとりだ。

でも、よくやった。

(私はよくやった)

と、自身の胸元をつかんでルイは思った。眠り、紅を引き、アルテシアの思考をたどらねばならない。彼女が婚礼までにミルデで成し遂げておかなければならないことを、自分が出来る限り。

アルテシアは行ってしまった。ルイのただひとりの女王陛下。あの白い闇の中、ひとりの近衛を引き連れて。ここには彼女はいない。侍女となり仕える安らぎはやってこない。アルテシアにならねばならない。

(たったひとりでも)

ルイはただひとりで、すべてのフェルビエを、すべてのミルデを騙さねばならない。出来るはずだ、何年もの長い間、それが彼女の仕事だった。

大丈夫だ、朝さえ来れば、あのオウガの族長さえあらわれれば。

まだ立ち上がれる。また戦える、自分を信じている。

(だから今だけは)

ルイは怯えるように懐剣を抱きしめ、強く強く、目を閉じた。決して泣かない女王陛下の代わりのように、彼女の涙は、幼い頃から凍ることがなかった。

魔女の谷へと向かう前に、アルテシアとトーチカはフェルビエの集落に居った。身分を明かして現状を説明するわけにはいかないが、叔母のロージアとだけは面会をしたかった。ロージアは先の時代に、先代の族長アテージオとともに魔女の谷へと向かった唯一の人間だった。また、大使として隊を組み、ミルデとの交渉を行っていた彼女だ。なにか知ることがあるかもしれないと思っていた。

彼女と会うことが良策かどうかは計りがたかった。あるいは彼女は、現状を耳にすれば剣を取れと言ったかもしれない。

けれど、面会は叶わなかった。

アルテシアから言付けを受けたとして、ロージアを訪ねたトーチカが渋面で首を振った。

「……お加減がそれほど悪いのか」

「しばらく面会謝絶の状態が続いていると……。誰も寝台に近寄ることが出来ないとか。ロージアさまは厳しいお方でした。自分が弱っているところを他人に見せたくはないのかと」

「そこまで……」

　少なからずアルテシアの心が曇った。ロージアは鮮烈な印象ばかりだった。その一番輝かしい時代に戦を駆けた彼女は、長い戦の終わりに生きていく上で大切なものを落としてきたのかもしれない。

　彼女の兄であり、アルテシアの父であるアテージオと同じく、聡明な貴人であったが、その剣は激情であり、アルテシアが稽古の最中に命を落としたことは一度や二度ではなかった。彼女の四肢に欠落がなければ、自分は稽古の最中に死を覚悟していたことだろう。

　アルテシアの母親は、アルテシアを生んだ後、ミルデの放った毒矢により命を落としたという。

　優しく抱く手ではなく、憎しみのにじむ太刀がアルテシアを育てた。

　その彼女が、こんなにも早く老いて衰えていくとはアルテシアは思ってはいなかった。流行り病の時代でさえ、乗り越えたというのに。

　複雑な心境を振り切るように、アルテシアは首を振る。

「時間がない。先に谷に向かう」

　トーチカが頷く。

　フェルビエの集落は、心なしかそわそわと浮き足だっているようだった。新しい時代のはじまりは決して劇的ではないだろう、とアルテシアは思う。剣を取り、武勇

を上げれば、英雄となれる。

しかし、この白い山を守り、冷たい大地で生きるために。

新しい時代の姿はまだ見えない。けれどそれは刃ではなく愛情ではじまるのだとアルテシアは思った。

(愛情)

手のひらを握る。

その手にどこまでも熱はなく。

なんと欺瞞に満ちた言葉だろうかと、アルテシアは静かに思った。

　ミルデのオウガは翌朝から、必要最低限以外の人間をフェルビエ族長から遠ざけた。そしてであるルイとトーチカを一度フェルビエに使いにやったと述べた。ルイはアルテシアの容姿と声色で、侍女自分がしてやることはここまでだと、重く沈黙した。ルイはただ一心にオウガを注視した。一挙手一投足を見逃すこともないように、そしてその心まで見透かさんとするように。

ルイの目から見たオウガは、決して愚ではないが絶対的な統一者だった。アルテシアやルイ

よりもいくつか年が上であるだけだろうに、彼はもはや自分の帝王学を手にしているようだった。

「各部族への伝令は最小限で構わない」

側近と呼ぶには従順すぎる他のミルデに、強い口調で彼は言う。

「フェルビエから招待客のリストは受け取っている。問題は宿だ。雪宿はまだか。見物人まで受け入れていれば、すぐにあふれるぞ」

「族長、関所はいかがいたしましょう」

「関所？」

片眉を上げると、オウガが距離を空けて座ったルイに目を向けた。

「――なにか案があるか、フェルビエの」

意見を求められたのははじめてだった。ルイは気づかれないように喉の奥で唾を飲み、ゆっくりと視線を動かしながら呟いた。

「……北の。北の関所だけでも、婚礼までには撤去するべきだ。あの関所はいわば、二つの部族の隔たりの象徴だ」

自分の声は静かで、ルイでさえも離れた君主を思い返すほどだった。そのルイの言葉が気に入らなかったのか、オウガは不快そうに舌打ちをして、「だ、そうだ」と側近を下がらせた。

ミルデの出て行ったあと、オウガは嘆息する。

「つくづく気色が悪い奴らだ。あの女と、口にする言葉はほぼ同じか」
「なんのことか、わからない」
ルイは表情を変えなかった。どこで誰が聞いているかはわからない。ルイはアルテシアになったのだから、ぼろを出すわけにはいかない。
オウガは立ち上がり、ルイに背を向けたまま振り返ることなく言った。
「せいぜい茶番を続けていろ。あいつが婚礼までに戻らねば、刎ねられるのはお前の首だ」
ルイは答えなかった。その沈黙を一体どのような答えだと受け取ったのか。
「あるいは、戻ってきたとしても、転がるのは二つの首だと思え」
捨て台詞はそれだけ。ルイは静かに目を閉じる。

「……は……」
「陛下……！」

構えた曲刀を振り、血を払う仕草。けれど曲刀は濡れてはいなかった。
小さな氷片が舞う中に、アルテシアは荒い息で佇んでいた。
雪の大地が地響きに震えた。

雪にまみれたトーチカがアルテシアに駆け寄ってくる。彼の無事を確かめるまでもなく、

「大事ない」

とだけアルテシアは告げた。

どこかで水の音がしている。地中かもしれない。

魔女の谷と呼ばれる場所。そこへは、一年の間だけでも冬の厳しい時期にしか入り込むことが出来ない。四方を流れの速い川に囲まれた谷である。厳しい山脈の気温は、川の表面を完全に凍結させる。

あまりに凹凸の激しい大地に、雪馬車を降り、徒歩で進んでいた二人へ、襲いかかってきた大きな影があった。

見たこともない、獣だった。

真白い身体。そこに銀のまだらを浮かべた、小山ほどの大きさもある雪豹。

先になぎ倒されたのはトーチカで、アルテシアがその喉を斬り、地に倒した。

倒された雪豹は、不可思議な音を立てて、一際強く吹いた山脈の風に散った。毛皮かと思っていた肌は、細かい氷の結晶。青い瞳はまるい宝石。

山脈の循環から外れた、いのちなき生き物。

「これは……」

困惑の声をあげるトーチカに、アルテシアは周囲の気配をうかがいながら言った。

「魔女の子飼いだ。魔女は戯れに雪人形を使役し、魔女の谷を守らせているという。お前、知らないのか」

山脈の魔女、その言い伝えは多い。

けれどトーチカは呆然と佇むばかりで、その内容を知っている。

「珍しいな。親から聞いたことはないか」

「親、は」

困惑の空気が、トーチカの周囲で揺れた。笑ったのかもしれなかった。言葉よりも雄弁だとアルテシアは思った。

「――戦か、病か」

アルテシアは問うた。どちらでも同じくらいの高い確率だと思った。アルテシアが幼かった頃、両族の戦は絵に描いたような泥沼と化し、時を同じくして原因不明の死病が流行した。

どちらとアルテシアは問うた。それはアルテシアをわずかに驚かせた。

「はぁ……どちらも、でしょうか……」

どちらがより致命的であったのかは、計りかねます、とトーチカは、軽く、淡く、過去の失敗談を語るようにささやかに呟いた。

「そうか」

「谷の魔女は、隠者であり賢者だ。千里の瞳を持ち、この山脈のはじまりと終わりを記すと言われている」

アルテシアもそうとしか返さなかった。

「ミルデの呪術師のような……？」

「同質ではないと聞く。正しくは、同列ではない、か。ミルデに永遠生の呪術を授けたのも魔女だと言われているが、果たして真実かどうか」

こくりとトーチカの喉が鳴った。

「不死……？」

「不死とも言われるし、知識と魔力を代々に受け継ぐとも」

本当のことは誰も知らない。

「彼女は他人を嫌い、自分からは誰とも会おうとはしなかった。たとえば彼女が山脈のどこかの民族のもとにおり立っていたら……彼女は信仰の対象となり、すべての民を統治していたかもしれない」

厚い氷の下では、まだ水が流れているのだろうか。長く凍りついた川の上を渡っていると、足の先が痺れてくる。大地が震えるような音がしている。

「だが、彼女は未だ一人谷に隠れ……私たち谷の人間は、万策を尽くしてなお、活路を求める時にのみ、彼女を訪ねる」

厳しい寒さを待ち、息絶え絶えとなりながら。

「私たちが十年ぶりの来訪者だろう」

川を渡りきると、傾斜の激しい谷をいくつか降りる。導かれるかのように、アルテシアは奥へと進んだ。

暗くぽっかりと口をあけた洞窟。

「行こう」

火を掲げ、アルテシアが言う。

ここはかつて自分の父が歩んだ道。

闇さえ白いこの地にあっての真黒。足を踏み出すと、オウガの父も歩んだ道だった。久々に土と石の感触を、麻痺しかけた足の裏がつかんだ。

その感触を懐かしい、と思う間もなく頭上から下がった釣り下げ灯に火が入った。

背後でトーチカが息を呑む声がする。アルテシアは自然と腰の刀に手をやりながら、歩調をゆるめず奥へと進んだ。

この洞窟で、なにがあっても驚きはしない。山脈の魔女は、ほんの悪戯で太陽と月さえも隠すと言われているのだから。

ひとつ、またひとつ。

灯りがともり、アルテシアの歩みを促すようだ。

やがてたどりつく場所に、彼女はいた。
「……族長が来たよ」フェルビエが来たよ」
くゆる煙が、薄い幕のようだった。
艶のある、子供のような声だった。
「はじめてお目に掛かります。椅子に座る小さなシルエットと、ひどく割れた、しかしアルテシアとトーチカは迷わず膝をつき、剣を抜き地に置いた。
——我らが盟約の魔女」

山脈の木々は根本まで白くたっぷりと重い。
オウガに続くように、ルイは慎重に雪馬車を降りた。オウガは大体においてルイを、フェルビエの族長を煙たがったが、ルイはまるで仲のむつまじさを示すように傍らに佇んだ。
それが自分の仕事であると思い、またミルデ族長の本心を知りたくもあった。アルテシアとフェルビエを憎み、もう一度この山脈に戦火をと言い放ちながら、苛立ちとともに迷う彼を。
「雪宿の仕上がりを見に行く」
とオウガは言い、ルイは当然のごとく彼に従った。雪宿とはミルデ集落の外れに、この婚礼に合わせて急遽建設したこの地独特の宿である。

雪の宿、と言うが実際宿を形作るのは切り出された氷の固まりだった。婚礼にはフェルビエの人間のほかに、山脈の少数民族も訪れる段取りである。ミルデの民家を出来うる限り開放し、それぞれの民がテントをはったとしても、たとえば山下より訪れる人間には宿が必要になってくる。

前を行くオウガを追っていたが、強い冬の太陽の光に目がくらみ、ルイは足を止めて光から目を逸らすように傍らの雪宿を見やった。そのつくりは見事なものだった。トナカイの角でつくられた扉の取っ手をなでながら、感嘆していると、

「フェルビエの族長さま」

かぼそい声が投げられ、ルイは動きを止めた。ゆっくりと振り返れば、そこに立っていたのはルイとそう年の変わらぬ娘だった。先を歩いたオウガの背はもはや見えない。

屋敷からともに来たミルデではない。少女は黒く長い髪を二つに編み込み、頬をかぶる帽子にはミルデの特徴的な飾りがあった。

を赤くしてしきりに白い息を吐いていた。

「あの、あの……」

ずいぶん急いで出てきたのだろうか。その手に防寒具はなく、白い肌が青く震えていた。その震えは、かじかむ寒さのせいでもあるようだったし、あるいは怯えであったのかもしれない。

「オウガさまと一緒にいらっしゃると、聞いて……」

婚礼が済むまで、族長達の公務の予定は基本的に外部へと公開されない。しかし黙っていても目立つ二人の族長だ、どこからか聞きつけてきたのだろう。

囁きに唇を震わせながら、ミルデの少女はその手に握った厚い布を差しだした。差しだしそしたが、二人の距離は十歩分ほど開いていて、手を伸ばしても届きそうになかった。

「この、刺繍を、献上しようと思って……ずっと、つくっていたんです」

ああ、とルイはわずかにまぶたをおとした。少女が持つのは婚家での幸せを願うタペストリーだろう。花やトナカイを象る刺繍は、新婦に贈るにはポピュラーなものだった。アルテシアであればこの捧げ物を受け取るだろうと思ったが、自分は今ひとりだった。

どうするべきだろうかとルイは顔色を変えず戸惑った。

しかしミルデの少女はもはや大人よりも剣術に長けている場合がある。

フェルビエでは、この年かさの少女は凍りかけたまつげを震わせながら、「族長さま」とやはり震えた声をあげた。

「私の父は十年前、戦の終わりに死にました」

ルイは虚をつかれたように少女を見る。

少女は優しげな面差しに悲しみをにじませ、涙をこらえる表情で言った。

「フェルビエに、殺されたのです」

ルイは動けなかった。空気は痛いほど張りつめ、声だけが響いている。

「私の母はまだフェルビエを憎んでいます。婚礼も認めないし、ともに暮らすことなど出来ないと言っています」

それは彼女だけの呟きではないのだろうとルイは思った。長い戦に疲れた二つの部族。十年の停戦を守りこそすれ、ひとの心が癒えるにはまだ短い。

その時間は、答える言葉もなく対峙していると、少女の顔がくしゃりと歪んだ。

「でも」

流れる涙の代わりに、その声ばかりが濡れていた。

「でも父もきっと、フェルビエを殺しました」

握りしめたタペストリーに力が込められる。

「族長さま。フェルビエの族長さま。どうぞミルデにいらして下さい」

祝福いたします、と言う少女はまるで、雪を運ぶ妖精のようだ。

「この婚礼に祝福を。私は、私たちは、もう、許されたい。──許したいのです」

永遠を望むミルデの民。彼らの犯した罪は、消えることなく、その罪までもが永遠となるのか。

少女は一体どんな思いで針を刺したのだろう。どんな祈り。どんな願いで。

ルイは静かに歩を進めると、凍りついてしまったような少女の眼前に立ち、タペストリーを

受け取ると、替わりに自分の手袋を渡した。

「ありがとう」

言葉すくなに囁けば、少女は今度こそ顔をくしゃりと歪めて、深く深く頭を下げ、アルテシアの手袋を胸に抱き、雪の道を走り去っていく。

祝福をと、言ってくれた少女に、返せた言葉はひとつだけだった。他になんの言葉が言えたであろうかとルイは自問する。もう大丈夫だと、未来を約束してやれたならどんなにかいいことだろう。しかしルイには出来なかった。

二つの部族の未来よりも、アルテシアの幸福をと願っていた彼女には。ミルデの少女の聡明さに比べれば、自分はどうしてこうも無力で浅はかなのだろうかと思わずにはいられなかった。そう思いながら、一方で、それでも自分は変わりようがないのだとルイは思った。

アルテシアはあの少女の未来を祈るだろう。あの少女を含めた、二つの部族すべての未来を祈ることだろう。だから、アルテシアではないルイだけは、アルテシアのために祈りたいと思った。

ほんのしばらく外気に晒されただけで、感触を失いつつある指先を包むようにタペストリーを持ち、きびすを返すと、進んだ先の木の裏に立つ人影。

「化けの皮がはがれているぞ」

けだるい様子でルイを見ていたのはオウガだった。いつからそこにいたのか、どこから聞いていたのかはわからない。気配を読むことに長けていないルイにはわからない。

「――だめね」

眉を下げて、わずかに泣き笑いの表情で薄くルイは笑った。それははじめて表に出すルイの顔だった。

オウガは鼻を鳴らし、「今の女が毒でも剣でも仕込んでいたらお前は死んでいる」とルイを笑った。それはまさにルイも考えていたことであったから、「そうですね」と小さく頷いた。

「私が襲われたら、助けて頂けましたか?」

我ながら戯れのすぎる言葉だと思った。オウガもまた、見せたのは嘲笑。

「当然の報いだ」

落とされる言葉はそれだけ。向けられる背中は広く、力強い。

なにに対する報いだと言うのだろう。わかるような気もしたし、わからないような気もした。

しかし、彼もまた自分が死する時にそう言うのかもしれないと、ぼんやりルイは思った。

当然の報いを受ける、罪の意識があるというのか。ただ、生きているだけで。

アルテシアとオウガは似ている、と根拠のないことをルイは思った。自分自身に厳しすぎるところが、よく似ている。二人はともにあり、支えあうことが出来るだろうか?

潰し合うことはないだろうか。互いが互いに、ではなく、己にこそ刃を向けるのでは。
あざやかな糸の散るタペストリーを優しくなぜる。
(許されたい)
とあの小さな少女は言った。
(そして、許したい)
まるで、それは、愛を乞うような言葉ではなかったか。
開いたタペストリーには、とりどりの花。
そして寄り添う、二つの部族の紋章があった。

第五章　魔女のはなむけ

頭を垂れて声を張れば、息と煙を逃がす音。

「仮面を脱ぎなよ」

顔をお上げよ」

気だるい口調で、割れた声が反響する。

アルテシアは言われるままに仮面を脱ぐと、響きが次第に、形を変える気がした。ざんばらになった髪を振り、仮面を傍らに置いて顔を上げた。

煙の向こうに、見える魔女の姿。

（——？）

最奥に座したシルエットが揺らぐ。その形と気配が、まるで見知った誰かであったような気がして、アルテシアは思わず、目元を厳しく寄せた。

「ふふっ」

笑みとともに、煙が晴れた。

そこにあったのは小さな身体。今ほど読んだ気配も微塵もなく、決して見覚えのない姿かたちだった。分厚い外套を頭からかぶり、顔は下半分ほどしか見えない。小さな、痩せた老婆のシルエットとも、年端もいかない子供のシルエットともとれた。なぜ、知っていると思ったのだろうか。

幻覚でも見たような不可思議な気分で、アルテシアはまばたきを繰り返す。

笑う魔女の口元に皺はなかった。その一点から見れば、やはり子供のようだった。不釣り合

いに老成した仕草で、手にした煙管を静かに揺らした。
「ああ、ああ、よく似ているよ。かえるの子はかえるになったよ」
笑う声もどこか不自然に軽く、むなしく響いた。
「父を、覚えておいでですか」
「それが魔女だよ」
くすくすと魔女は笑う。
「魔女は覚えているよ。魔女は知っているよ。すべてが昨日のことのようだよ」
愚問だというように、魔女は笑う。彼女はこの山脈のはじまりでさえも、昨日のことと言うのだろうか。
「あれから、十年の月日がたちました」
「それも知っているよ。二人の族長は死んだよ」
「人はそれぞれに子を残したよ」
「……はい」
魔女の呟きは、過去を惜しむわけでもなく、また死した者へのあざけりでもなかった。言うなればまるで、うたのようだった。
歌われるのはフェルビエのアテージオ。そしてミルデのガルヤ。
この戦の時代に、早く命を落とした彼らは、不幸なことにどちらも、戦って死したわけでは

なかった。山脈に吹いた死の風は、百戦錬磨である両族の族長の身体をもむしばみ、彼らの未来を喰らった。
　打つ手をなくした二人が、ともに魔女のもとへとたどり着いたのは、必然のようでいて、奇妙な宿命めいた話だった。
　彼らは死の間際に魔女を訪ね、剣ではなく盟約を交わした。長い戦の終わりと、新しい時代のはじまりだった。
「時は満ち、両族の婚礼を迎えます。しかし、現ミルデ族長はこの婚礼に異を唱えました。この婚礼に水を差さんとした下手人を捜しています。どうかお知恵をお借りしたい。盟約の魔女」
　彼女に対して、説明は余計に思えた。
「知恵、と言ったよ。今言ったよ。若きフェルビエ」
　事実、魔女は驚くこともせず、現状を尋ねることもせず、ただ煙をくゆらせた。
「そしてここにはいない若きミルデもだよ。茶番のようだよ、ねえ」
　覗く口元はなんの感情も浮かべてない。
「なぜここに来たんだよ。君は婚礼をひかえたフェルビエの花嫁だよ。魔女は君の父親に言ったはずだよ。──身体ではなく、血と心が混じることが婚礼だよ。君達の手と手はもうつなないよ。血で濡れすぎだよ」
　アルテシアは目元を厳しくした。どういう意味かと、その目で問うた。

「ごらん」とその目こそが答えであるかのように魔女は囁く。
「君は、わからない、という顔をしているよ」
困惑だけがただ深まる。そうだ、わからないからここに来たのだ。下手人の真実も、オウガがあれほど婚礼を拒む理由も。
「いいことを教えてあげるよ。未だ幼き、愛を知らぬフェルビエ」
 長い煙管でアルテシアを指し、山に吹く風のように耳を触る声で、託宣がごとく魔女は続けた。
「君はわからないのではないんだよ。本当はわかっているよ。わかっているのに、それを理解が出来ないんだよ。だから、わからないと言っているよ」
「わかっている……?」
「ああ、そうだよ。ここに来て、魔女をはじめて見たよ、その時に君の瞳にはその心が映ったはずだよ。瞳は水面。見えたのは一体誰?」
 まばたきを忘れ、漂う煙を吸い込む。
 自分の瞳孔が縮む音を聞いた。薄暗い洞窟の中。視界が歪み、ゆるやかに廻る。
(誰を見た)
 私は私の知る人を見た。
(わかっている?)

第五章 魔女のはなむけ

ミルデの族長。その首を断ったのは誰。出来たのは誰か。ミルデ。フェルビエ。可能性だけをいたずらに計ることに、一体なんの意味がある？浮かぶシルエット。あるべきもののないいびつな身体。その気配を、読み違えることなどありはしない。

——貴方だ。

あけれど。

(どうして？)

どうして、そんな——

「アルテシア様」

ひかえめな囁きに、揺れていた焦点がつかの間戻る。いつしか視線は地に落ち、魔女の姿も見据えぬまま、トーチカの頼りなげな声だけがかろうじてアルテシアの意識を保たせた。

「……お気を。確かに、煙はあまり、吸わないほうが……」

賢しいトーチカの助言に、魔女の口元が笑む。

「おや珍しい生物だよ。まるでキメラの坊やのようだよ。フェルビエの族長が従えるには、妙な——……」

言いかけ、くっと喉の奥で笑いを噛んだ。

「そうか、そうだね、象徴だよ。もう時代が変わったんだよ。変わりつつあるということだよ」

「——？」
アルテシアが顔をあげるが、口を開いたのはトーチカが先だった。
「わたくし達にはっ!!」
不自然に裏返った声で、トーチカが叫ぶ。
「時間が、ないのです。ご助言がないのならば、早急に、戻らせて頂きたい!」
ことアルテシアが要人と言葉を交わす間に、トーチカがここまで出過ぎた口をきいたことはなかった。ミルデ族長を相手にしてさえ、追従するか、なんらかの反応をせねばならないと思うが、思うとおりに思考と舌が止めるか、追従するか、なんらかの反応をせねばならないと思うが、思うとおりに思考と舌がまわらない。
「……助言と言ったよ。その言葉が愚かだよ。でも魔女は答えてあげるよ。こんな山奥くんだ蒸し風呂でもないのに、外気のある場所で汗をにじませるのはどれくらいぶりだろう。
りにまで、顔を見せに来てくれたのだもの」
傍らの杖を持ち、魔女はゆっくりと立ち上がると、白い歯を見せて言った。
「フェルビエの花嫁よ」
浅い息をつぎながら、アルテシアが顔をあげる。
「お前は蟷螂のなりそこないだよ。婚礼は成らないよ。首のひとつや二つ大した問題ではないよ。このままでは婚礼は日を待たず破局するよ」

第五章 魔女のはなむけ

　アルテシアが驚きに膝を浮かす。返事を待たず、魔女は言う。
「君には、雪蜻蛉の女として、いいやひとりの人間として、一番大切なものが欠けているよ。あるべきものがないんだよ。与えられたことがないから、わかろうともできないんだよ。誰も教えてくれなかったから、わかろうともできないんだよ。だからどれほど腕が立っていたとしても、その剣は、ほんの児戯だよ」
　地に置いた剣を取り、ゆらりと立ち上がるとアルテシアは強い視線を返した。なにかが欠けていると言われ、動揺がなかったかといえば嘘になる。しかし、自分がなにも欠けていない君主であるなどというぬぼれはなかった。
「欠けたものは補う」
　私はひとりではないのだからとアルテシアは言った。本心だった。けれど魔女はアルテシアを笑う。
「そうして君は誤魔化すんだよ。からっぽの心をいつまでも誤魔化していくんだよ。お飾りの婚礼だよ。決して笑うことのない蠟の花嫁だよ。茶番の猿真似だよ。君には、君達には、誰もついてはこないよ」
「どうしろ、と」
　茶番に終わらぬ婚礼が迎えられるというのか。
　この自分に。

魔女が薄く笑うと、またアルテシアの世界が揺れた。

「陛下」

今度は肩をつかまれる。トーチカの吐くかすかな息の音がするが、それさえ煙る世界の向こうの話のようだった。

「——もういい、もういいです」

「もういいとはどういうことだ」

熱にうかされたような言葉で、焦点の合わない瞳で、アルテシアは呟く。

「アルテシア陛下、貴女には」

トーチカは強く奥歯を嚙み、絞り出すように言った。

「欠けたところなど、なにひとつありません」

その、あまりに傲慢な、呆れるほど強い確信の言葉に、アルテシアは垣根無く啞然とした。

腕を引かれ、魔女に背を向ける。「戻れないよ。帰れないよ。君はこのまま帰れないよ」と魔女が言うが、トーチカは歩みを止めなかった。

心許ない足取りで洞窟をあとにするアルテシアの背に、魔女の笑いがこだまする。

その笑いはやはり奇妙に反響をして、耳の奥でこう響いた。

（——君に『ほんとう』を教えてあげるよ。フェルビエの花嫁さま）

洞窟を出ると、なによりも雪の白さが目を灼いた。急速に意識がはっきりとし、まずアルテ

シアが行ったのは、トーチカの腕を振り払うことだった。

「離せ」

「はっ……」

トーチカは恐縮しきった様子で、アルテシアから離れ三歩退いた。

「出過ぎた真似を……」

「まったくだ」

己に言い聞かせるように、アルテシアは呟き、歩を進めた。まだわずかに足下にふらつきが残り、不快に思う。

「あの煙は、一体なんだ」

「精神を酩酊させる薬の一種でしょう。ミルデで使われるものよりもっと強力な……」

そうしてトーチカは数歩前を行き、アルテシアの顔色をうかがう仕草をした。先に走り去っていく彼の背を見ながら、ずいぶん勝手な真似ばかりするとアルテシアはため息をついた。

「ゆっくり。気をつけて。馬車をぎりぎりまで引いてきますから」

「大丈夫だ」と言う言葉はトーチカに聞き入れられなかった。

あれほど怯えていた氷の道も、駆け抜けていく。

ゆっくりと踏みしめるようにアルテシアが凍った川を行き、そのちょうど中程に来た頃だった。

ドオン、と地の底から突き上げるような音がした。
思った瞬間にはもう、遅かった。
足下に、地響きが、と。
気のせいか、と思った。

(……？)

「!?」

大地の震えは咆吼のようだった。踏みしめるものをなくし、視界がぐるりとめぐり、血液さえも向かう先を見失う。

——落ちる。

崩れるのは山ではない、崩壊する大地はまるで蟻地獄のよう。
白に呑み込まれる意識の中で、呼び声は叫び。

「アルテシア様あああァ……!!」

ああ、トーチカ。
だめだ、ここは、白いから——……

《ほんとう》を教えてあげるよ

反転する世界の中で、アルテシアは背後を見た。
洞窟の入り口、長い杖とともに立つ魔女は、無邪気な微笑みを浮かべていた。

第五章　魔女のはなむけ

（約束の子、その婚礼のはなむけに）

呑み込まれる。暗黒の世界。痛覚に直接訴えかける、水流の冷たさ。

意識が喰われる、最後に聞いたのは、小さな囁きひとつ。

（――昔話を、してあげるよ）

そして、アルテシアの意識は、断絶した。

幕間

氷下の追憶

人の焼けるにおいがする。

粘膜に責め苦をもたらす山脈の風に混じるそれ。鼻から口元を覆っていた布を下げ、顔を上げて目をこらせば、遠方に煙。心細く、わびしげに、山脈の風にあおられながら霧散させられる魂を見た。

「……火送りか」

先頭を行く男もそれに気づいたのか、低い声で呟く。

時刻は黄昏だった。

「帰路を——」

「できません」

言いかけた言葉を遮るように、傍らにいた女が厳しく言った。女の腰には二本の曲刀が下がっている。女だけでなかった。獣の皮と金属でつくった戦の装束は、その場の戦部隊すべてが身につけていた。

戦の民、フェルビエの、頑丈な戦装束。その中でも、先頭の男女の姿は特徴的なものだった。男はフェルビエの族長であり、脇を固める女戦士は、その側近を務める。

遠くで立ち上る白い煙をかき消すように、いつの間にか空気が白く濁りはじめていた。雲の間から降りる光こそあれ、光が照らす辺りの風には、塵よりもこまやかな雪片がまじる。それらは人の身に触れる頃には水に変わり、また地に落ちる頃に氷へと姿を変える。この山

脈に落ちる、涙氷、とはよく言ったものだった。

その日、フェルビエはミルデとの戦の帰路にあった。

先頭を行く族長は、戦士達の帰路を傍らの女戦士に任せようとし、彼女は即座にそれを断じた。族長のわがままは時折あることだったし、それをすべて叶える必要はなかった。彼女だけが、是非も可否も、躊躇いなく振るうことができた。

彼女はフェルビエ族長の右腕であったから。

「……おひとりで、行かせるわけにはいきません」

族長は防具の下で薄く笑った。あまり大きく口を曲げられないのは、山脈の空気に皮膚を切られるからだった。厚い外套に覆われていたが、彫りの深い、精悍な顔をしていた。

「過保護だとは、思わないか」

端正なつくりではあったが、年齢よりもいくぶん深く、皺の刻まれた顔だった。対する女は、疲労の色を薄く塗っていたが、まだ若く、美しい容貌で、どこか族長と同じ面影をやどしていた。

どちらも、外套の奥に薄い色の瞳と銀の髪を有していた。フェルビエの一族、その血の濃い者に顕著にあらわれる、雪原の色。

「私がいつ、族長を保護したと？」

「そう謙遜をするな」

族長は会話をそのまま遮り、傍らの戦士に用件を告げた。隊を一足早く、集落へと戻らせるようにと。

その日、フェルビエの戦士で致命傷を受けたものはいなかったが、奇襲をかけたことにより、怪我をしたものがあった。また、奇襲を終えたのち、息があった二人のミルデを捕虜として拘束したのだ。寄り道をしている暇はなかった。

疲労した戦士達には集落に戻り早く休んで欲しい。それは、目の前の族長にも等しく願うことではあったが。

「……行くぞ、ロージア」

「ええ」

またいだ雪獣の行く先をあやつり、先にすすむ族長に、ぴたりと彼女はつきそった。

フェルビエ族長、その名はアテージオ。

傍らに立つは、彼の実妹、白銀のロージア。

戦のはじまりと終わりに生きた、一族を束ねる兄と妹。

それは蛮族がまさしく、蛮族らしかった最後の時代だった。

黄昏だ、とロージアは感じていた。

獣に乗り歩みを進めればじきに、辺りの光量が減っていく。日暮れまでにはまだ間があったが、山脈を渡る風の刃が、じりじりと研ぎ澄まされていく。夜のはじまりであり、真の冬の訪れだった。

傾いていく陽は急速に辺りから光を奪い、やがて熱を奪うだろう。季節もまた白い闇へと向かいつつあった。

涙も凍るこの山脈に、また痛みを伴う冬がやってくる。

「……アテージオ様……!!」

「よいのだ。弔いを、させてくれ」

頼りのない炎を囲んでいたフェルビエの民はみな憔悴していたが、それでも己の族長を目に留め、反射のように地に膝をつけた。

「いけません、このような……」

死者を弔う旨アテージオが囁くと、家長を失った未亡人はただ感謝に目を伏せた。

「アテージオ様にそのように言っていただけるのなら、彼はあのような死に様でも、死の山へとたどりつけるでしょう」

付け足した言葉は小さかった。

「……たとえ、その身が灰になったとしても……」

そこには、枯れた涙よりも切なる口惜しさが見てとれた。
茶毘は山脈の民には不名誉な葬礼である。
その葬りをうけるのは、命を問われるほどの罪人か、――呪いと病によって死したものだけだった。
見慣れてしまった、とロージアは思う。飽きてしまうほどに、今年に入り何度この光景を見たことだろう。
悔やみの言葉を言わねばならないが、夜気を運ぶ山脈の風は唇に痛く喉に痛く、たやすく言葉を奪ってしまう。

――この山脈には、呪いの風が吹いている。

その病がいつから流行りはじめたのか、正確なことはわからない。さほどの昔ではなかった。
表面化してきたのは、ここ数ヶ月のことだ。
流行りの病だとは誰も思わなかった。死者を目の当たりにしてさえ、なんの変哲もない単なる体調の不良。けだるさからはじまり、数日のうちに目がくぼみ、やつれ、血を吐き、やがて苦しむ力も失い、衰弱して死ぬ。
そんな者がフェルビエの集落でひとり、またひとりとあらわれた。

『ミルデの呪いだ』

声を荒げたのはロージアだった。

親しくともに戦った友が、ほんの数週間で死に至った。勇敢なフェルビエの戦士だった。剣を持ち、戦い、そして死ぬはずのない人間だった。

白い頬を憤りでより白くし、ロージアはアテージオへと叫んだ。

『死人狂いのミルデどもめ──……このように卑劣な術を……!!』

相対したアテージオの瞳は静かだった。

『そう、思うか。ロージア』

『それ以外になにがあるという、族長!!』

狂人ミルデは、フェルビエの知らないあやしげな呪術を使う。

山脈に古くより伝わる術であれば、フェルビエも少しは知り得ている。しかし彼らは外部から、この山にない文化を取り入れようとしていた。

まさにその衝突が、戦の最初の火種であった。

彼らの使う呪術は、もうフェルビエの知り及ぶところではない。そしてその呪術により、こうしてフェルビエの民が倒れているのなら。

同胞をどれほど剣で切られるよりも、それは屈辱だとフェルビエには感じられる。

戦を! とロージアが激情のまま叫ぶ。

『無念を晴らす、ミルデに断末の苦しみと死を‼』

フェルビエはその激情のまま、多くのミルデを狩った。

両刀を握り、歌とともに死力をもって、ミルデの戦士を殲滅した。

山脈は血に染まり、ミルデの兵が同族の首を持ち帰ることもできないほど。

返り血が凍り、重さを増す前に払いのけながら、ロージアは戦場にかがみこむアテージオを見咎めた。

『……族長？』

『見てみろ、ロージア』

彼が足のつま先で示したのは、ミルデの兵の首だった。

命失い凍りついた、ミルデの荷の中、そこに転がるのは。

ロージアは眉を顰めた。戦死者の首に息を呑むような繊細さなどとうの昔になくしていたし、アテージオの意図を読むことが出来なかった。

『なに を——……』

アテージオは目元に厳しく皺を寄せ、静かに言った。

『この目元のくぼみ方は、血をぬかれたせいだけでもあるまい』

『⁉』

『——呪いをうけたのは、ミルデも同じか』

ミルデの民はその信仰ゆえ、死者の首を家族に返すために持ち帰る風習がある。戦に入る以前に、病死した者の首を、荷として抱えていたとしても、なんの不思議もない。

 その首に、病のあとが見て取れたということは。

 アテージオの示唆に、ロージアは言葉を失う。

『そんな……』

 その時、ロージアを襲ったのは不安と畏れだった。

 ミルデの呪いであるならば、呪術者を殲滅すれば済む。脅してもいいし、殺してもかまわない。

 けれどもしも、この病が、山脈全体を覆うものだとしたら——……？

『なに、条件は同じだというだけだ』

 血の気の引いたロージアに対し、アテージオは表情を変えなかった。この答えを、予想していたようだった。

『もしもミルデの呪術者がさほどの力を持っているなら、真っ先に私を狙うのが道理だろう』

『けれどそうはならなかった。だから驚くことではないと、彼は言った。

『色素の薄い目を細め、アテージオは呟く。

『私もガルヤも、いつ死んでもおかしくはないということか……』

『族長‼』

『長くはないぞ、この戦』

ロージアは今も、それを計ることが出来ないでいる。

あの時、アテージオがなにを思って笑んだのか。

　その思い出に意識を沈めていたロージアは、不意に目の前を大きな雪の花びらが落ちたのに気づき、顔を上げた。

　フェルビエ集落に向かい前を行くアテージオ。辺りはもう暗く、この山脈では珍しい、軽く大きな雪塊が天よりおりていた。天の使いがしきりに降らす綿のようなそれ。獣の足で踏めば独特の音が鳴る。

　山脈の冬は白く暗い。しかし必ずしもそればかりではない。冬のはじまりは、灰色に少し青みがかって、包む冷たささえも幻想のようだった。

　ロージアは目を細める。肺の奥から息を吐けば、薄い湯気がようようと空に還る。

　つい今し方まで眺めていた、火送りの煙を思い出さずにいられなかった。

　ああ、唇からもれるこれは、魂だろうかとロージアは思った。

「ロージア」

　名を呼ばれ、ロージアは獣を進めた。

「はい」

アテージオは前方を向いたまま。横顔の一部がわずかに覗くだけだった。深みのある声でアテージオは言う。

「郷に戻って休んだのちは、私の部屋まで来てくれ。……話がある」

ロージアは瞳の力を強めて、刺すように問うた。

「戦の行く末ですか」

「——ああ、そうだ」

アテージオは躊躇うことはなく、頷いた。

ロージアは自分の心臓が強く鼓動を刻むのを聞いた。

流れる血をも凍るとされた、この山脈の凍血戦争が終わる、それはロージアにとってはむしろ非現実的でさえあった。戦に生まれた子のさだめのようなものだ。

しかしもしもこの戦が終わるなら、それはフェルビエの勝利しかあるまいとロージアは確信していた。

事実、ここしばらくフェルビエの戦歴は誇ってもいいほどだった。それに加え、山脈の冬である。

——この冬に、一度に片をつける。

山脈の蛮族は、冷たく痛む冬にこそ真価を発揮する。この冬にすべてを賭ける。山脈の冬、

蛮族の冬に。

フェルビエの集落へと戻ったロージアは、凱旋の宴よりも先に蒸し風呂へと入り、濃い赤の装束をまとった。フェルビエの女性はこれといって小柄ではないが、その中にあってもロージアは長身だった。鍛えられたしなやかな身体は、厚い装束を着たところで隠しようがなかった。長い銀の髪はいつものようにひとつにまとめ、唇に赤い紅を差す。フェルビエの女の紅は、装飾であり、魂を体内に閉じこめるためのまじないであり、裂傷を避けるための薬でもある。

彼女はまだ若かったが、娘らしさといえばその赤い紅くらいで、女の衣装をまとったところで奥からにじみ抜き身のような激情は隠しようもなかった。彼らは、厳重に見張られていたが、あたたかな場所を与えられていた。

彼女がまず向かったのはミルデの捕虜のもとだった。

「これは族長の指示か」

「はい」

見張りのフェルビエが答える。ロージアは頷き、

「まだしばらく見張りを任せるぞ。拷問ならば、私が行う」

当然のようにそう告げた。痛めつけるようなやり方に反するが、生き残りを捕虜にというからには、アテージオは、戦の民であるフェルビエの美意識に反するのだろうと、ロージアは踏んでいた。戦争はもはや佳境である。使える手管はすべて使うやり方は、たとえフェルビエの誇りに背いたとしても望むところだとロージアは思っていた。

灯りを持ったまま外へ出る。雪はもう止み、外はいよいよ痛むほどの寒さだった。露出したあごから首もとにチリチリとした寒さが這い、肌を波立たせ、血管を収縮させる。

明るい夜だとロージアは思う。山脈では雪すさぶ昼間よりも、雲のない夜のほうがよほど明るい。灯りを消したところでいっそう星と雪原の明るさが増すだけだろう。

ロージアはこの、人の熱と命をいとも簡単に奪う山脈の夜が嫌いではなかった。目を細めて宙を見て、ふと、自分が死ぬのならば冬がいいと思った。老いてはいないという予感があった。血を流し、雪に身を沈め、星のもときっと戦だろう。

山脈の大地に還ろうと静かに思った。

吐息は白。……今はまだ、それは魂ではない。

きゅ、と小さくこするような音が、ロージアの耳に届いた。明るい夜の中でそちらに目を向ければ、小さな影がロージアのもとに歩を進めていた。少女だった。銀の髪はロージアと似た色。白い肌もまたロージアと同じ陶器で、しかし戦に奔るロー

ージアよりもももっときめこまやかな、幼さゆえの透明な繊細さを宿していた。
　少女は寒さに頬を染め、しきりに白い息を吐きながらロージアを見上げた。
　その美しさは冬の精霊のようだ。同じ色彩の二人が向かい合う様子は、まるで幻想のように見えたことだろう。
「ご無事の帰還、なによりです」
　赤い唇からもれたのは、幼い容姿にはあまりに不釣り合いな少女の囁きだった。
「ああ」
　ロージアが目を細め、頷く。
「当然のことだ、アルテシア」
　答えるロージアの言葉にもまた不似合いな距離があった。
　アルテシアと呼ばれた少女は頷く。当然のことであるということを、肯定するかのように。さきの言葉が少女に不似合いであったのは、そこに帰還の喜びよりも儀礼としての役割をにじませていたからだった。歩くことさえ不安定な幼さであるのに、眼差しの冷たさと、言葉の静けさは不自然なほどだ。
　少女の名前はアルテシア。年は未だ片手に満たない。
　ロージアとはれっきとした血のつながりがあるが、二人は親子ではなかった。
「父上が、部屋にてお待ちです」

白い息を吐きながら、アルテシアがそう告げた。「わかった。今行く」と答えると、アルテシアはくるりと方向を変え、あたたかな建物の中へ戻っていった。
　その腰には、小さな短剣がささっている。お飾りのようなそれが、彼女の行く末を示しているようだった。
　アルテシアはロージアではなく、ロージアの兄、現在のフェルビエ族長アテージオのひとり娘だった。
　アルテシアの母、アテージオの妻であった女はもういない。ロージアほどに美しくはないが、感情の豊かな、輝く光りのような女性だった。
　素朴な可憐さと剛胆さでアテージオを愛し、彼女を守り通すように死んでいった。
　フェルビエの女は雪蟷螂（ゆきかまきり）と呼ばれる。その深い愛ゆえに、愛した男を喰らうという言い伝えがある。彼女はアテージオを喰らうたのかもしれなかった。彼女が死してから、昔のような覇気を感じられない。変わらず勇敢な名君であったが、アテージオは彼女がミルデの凶刃（きょうじん）に倒れこの世にいない今、アルテシアはやがてその肩に、一族すべてを担うのだろう。
　ロージアはアルテシアとは距離を置いていた。愛情がないわけではないが、様々な感情が彼

女にそうさせていた。それはたとえば、かつてアルテシアの母を守れなかった負い目であったのかもしれないし、子を産んだことのない女としての戸惑いでもあるのかもしれなかった。

アルテシアは、実母よりもむしろロージアによく似ていると言う者もある。そうかもしれなかった。あの小さな少女がまとう空気の冷たさは、アテージオのものであり同時にロージアのものでもある。けれど、似ているからこそロージアにはアルテシアが理解できない。まるでそう、自分自身を理解しがたいことと同じように。

あの小さな少女の冷たい瞳が、なにを見ようとしているのか。今はまだ飾りに過ぎないとしても、護身用の剣を持たされるようになってから、ぴたりと泣くことがなくなったアルテシアの身のうちにあるものは、一体なんなのか。

哀れだと、思ってしまう心がある。

戦が終わったのちに、残る未来はどんなものなのだろう。自分もアテージオも戦に生きて戦に死すようなものだ。それはフェルビエらしく、確かに幸福であり、後悔はない。けれどもその先は? 彼女に教えられるものは剣ばかり。本当にそれでいいというのか。それとも彼女もまた、終わらない戦に生きて死すのだろうか。

(——らしく、ないな)

目を伏せると自分のまつげに霜がおりているのがわかった。長く夜気にあたりすぎたようだ。頬もこわばり、身体の芯から冷え切っている。

（戦わねばならない）

足を踏み出しロージアは思う。

（私はフェルビエ）

終わりの先などを考えていればつけ込まれる。

剣と剣、血と肉の戦いを。

彼女には、狂人ミルデ一族に、獲らねばならない首がある。

それこそが戦の民であるフェルビエの誉れだろう。

生きる意味がそこにこそあると、ロージアは凍った髪を振り払い、アテージオのもとへと歩いて行った。

くべられた薪がはぜる音がした。

「——え……？」

立ち尽くすロージアの向かいに座るのは、部屋着に着替えたアテージオ。動物の毛皮を張った椅子に肘を置き、彼は静かにロージアに言葉をほどいた。

ゆっくりと、丁寧に。けれど、ロージアにはその意味がとれなかった。

「聞こえなかったか」

アテージオの問いかけは、疑問ではない。ただの追い打ちだった。死に近いものに行う介錯のようだった。

ロージアの頬は、火の近くにありながらも白く青ざめていた。アテージオは浅い息をついて、もう一度ロージアへと告げた。

「ミルデの族長に、対話を申し入れる。使いとして、あの捕虜をミルデに戻すつもりだ」

「なぜ !?」

ロージアが身を乗り出し、叫ぶ。

「なぜ、今更、そのようなことを!」

「なぜ? 今更? 私はそうは思わんよ」

アテージオは傍らに置いた白樺の杯をあおぎ、指先を組み合わせるようにして身を前に出した。

「頃合いだと、いうことだ。ミルデが劣勢となっている今ならば、向こうも無碍に断ることはないだろう。この戦はもう無為だ。そうは思わないか」

「笑止!!」

吐き捨てるようにロージアは言う。唇の端が、痙攣するように笑んだ。

「兄上はお忘れか、ミルデの暴虐を! 我らが山脈の暮らしに怪しげな術と下界の風習を持ち込み、戦ともなれば卑劣な手段で同胞達を屠ったあの輩のことを! 父も母も、あの気狂いどもに殺された!」

「ああ。だが私達は、代わりにミルデの首を獲った」

「当然のことだ‼」

覚えているのは血の色と死のにおい。親しき者のそれは、胸にあまりに深く残る。ミルデに殺されたのだ。そしてそれに応えるように、フェルビエはミルデ族長の首を獲った。両族の頭の首を晒し合った、先代から現代へと至る交代劇が、ロージアの知るこの戦の中でも、最悪といってなんら差し支えのない惨劇だった。ロージアはまだ前線に立つことを知らず、兄の傍で守るよりも守られていた。あの時代を一体いかに越えたのか。自分の経験でありながら、追憶できないほどに、悪夢のような日々だった。

先代の族長、兄妹の両親は戦に死んだ。

「私達の受けた屈辱を思えば、余りある‼ 当然のことだ、その上、あいつは、あの男は——‼」

父と母を失いながら、血とともに剣を抱いて駆け抜けた、あの思い出は夢まぼろしのようであるのに、それよりもっと鮮明に、脳裏に焼き付いてフラッシュバックする情景があった。両族は互いの先代を失い、あまりに疲弊し、憎しみに灼かれながらも次の一手を打てないでいた。その時戦に集落を焼かれ、新しい住み処を求め、互いの部族が逃げ惑っていたあの時。

白い闇にまぎれて、ぼろ布のような防具をかぶって、フェルビエ本陣へと飛び込んできた男がいた。
　彼が率いていたのは少数の精鋭だった。きりりとひいた矢が放たれたと思った時には遅かった。
　ミルデの矢が射貫いたのは、その時ロージアが守りそばにいた一人の女。幼子を抱くあたたかさのために、甲冑を拒否した、フェルビエの雪蟷螂。
『義姉上っ――』
　彼女の背からは吹き出すように血がにじんだ。雹のように降りそそぐ矢を剣ではじきながら、ロージアは雪に倒れた義姉を助けようとした。
『……だめよ、だめ』
　内臓をやられた彼女は、口元から落とす血をそのままに、絶命の時にありながらただ、腕を抱く手を強くした。
『この子は……あげない……』
　すべての痛みから我が子を守ろうとするかのように。抱かれたアルテシアは瞳を見開き、泣き声ひとつ上げることはなかった。
　不意に矢が止まり、ひとりの男が進み出た。

あざやかな色の、ミルデの紋を肩からかけた、敵族の男。

『なんだ? ずいぶん立派な装いをしているから蛮族の頭かと思えば、女じゃあないか』

その低く深い、そして吐き気がするほど軽い言葉を、きっとロージアは生涯忘れはしないだろう。

『つまらん。外れか』

その呟きは、どれほど鋭利な剣よりも、誰が、

『なんだと?』

『貴様ァ——!!』

そして激情のままに剣を構え、男に斬りかかるロージアの剣を。

いとも簡単に彼は流した。

怒りにまかせてふるってくるロージアの太刀を遊びのようにはじき、彼女の肩を裂いて間合いをとった。

笑みさえ浮かんだ瞳の色は黒。髪と髭もまた。そして彼は、乱雑なさばきでロージアを雪原にあしらい、吐き捨てた。

『下がれよ、雌虫』

脳の奥まで凍りつかせる、屈辱という激しい吹雪。

騒ぎを聞きつけたフェルビエが雪を踏みやってくる音を聞きつけて、男は笑った。
『今日は挨拶に来たまでだ。女、お前の族長、蛮族のアテージオに伝えろ』
大きな剣を肩に担いで。
彼は悪魔のように笑った。
『俺の名はガルヤ。蛮族の喰ろうたミルデの息子。これより先、ミルデの未来は俺が預かる』
『幾百のミルデの死者の魂を持って』
その凄絶な笑みを刃に。
名を、刻む。
彼は、ロージアの、名を問うことさえしなかった。
『蛮族に死を』
怒りと屈辱に、身が動かなかった。そしてそれこそが、何度も夢にあらわれるほどの後悔となった。

あの夜を。
流れた血を。
絶望の色彩を。
ガルヤの言葉を。
ロージアは決して、忘れない。

「——ミルデのガルヤの首は、私が獲る!!」

 奥歯を噛みしめ、絞り出すようにロージアは言った。それが彼女の誓いであり、彼女はその ために、血を吐くような鍛錬を重ねたのだ。

 彼女の魂に消えない傷を負わせた あの男を屠るために。

 そんなロージアを、アテージオは両手を組み合わせたまま、見透かすように静かに眺めた。

「対話など応じるものか。あの男が、父と母、そして義姉上を殺したあのミルデが——」

 義姉とロージアが言葉に出せば、アテージオの表情に影が差すのがわかった。そうだ、アテージオとて、恨みのないはずがないのだ。

 しかしアテージオは、静かに目を伏せて、低く温度を感じさせない声で言った。

「……皆を殺したのは、ミルデか?」

 愚問を、とロージアが声を荒げる前に、アテージオは言葉をすべり込ませた。

「本当にミルデなのか。——この戦、そのものではなかったか」

 ぐっとロージアは歯をきしませた。

(恨みます、義姉上……!)

 貴方は優しかった。貴方はまさに猛々しき雪の蟷螂だった。

 だから彼女はアテージオの魂を喰って、そして死の山まで持ち去ってしまったのだと思った。

「蛮族の誇りを忘れたのですか、族長!!」

幼い頃から、その背を追っていた。アテージオはいつかフェルビエの長となり、自分はその背後で一生を終えるのだろうと思っていた。

彼がいてこその剣だった。そのはずなのに。

誰よりも強かったはずの兄が、腑抜けてしまったことがやるせなかった。

彼が出来ないのならば、フェルビエの戦士を率いて、ロージアが戦地に赴くつもりだった。

けれどアテージオの答えは、ロージアの覚悟よりもずっと、絶望を呼び覚ますものだった。

「……お前には、奴の首は獲れない、ロージア」

目の前が赤く染まる。

あの日の血の色のように。

屈辱が、記憶と血を逆流させるようだ。

「なぜ、なにゆえに!! 私はフェルビエだ!!」

この熱が我が命。

この血こそが。

「私は戦士だ、誇り高き、冬の蟷螂だ——!」

いつの間にか、ロージアはうなだれ、自らの視界を手のひらで覆っていた。その肩に、アテージオの重く固い手が載せられた。

「殺すばかりが、剣と思うな」

 なにも、わからない。

「──これは族長の命だ。逆らうことは許さない」

 目の前が暗く、帳が降りるようだった。

 ゆっくりとロージアは顔を上げると、寄り添うように生きてきた兄の顔を覗き、赤い唇を震わせながら言った。

「……わかり、ました……」

 決意を胸に、深く秘めて。

 そして雪蟷螂の族長の妹、白銀のロージアは、愛した兄を裏切り、自分の誇りに殉じることを決めた。

 粛々とアテージオの命をこなしながら、ロージアはすべてを決めていた。対話を望むというアテージオの言葉を伝えたが、ミルデの捕虜の耳に唇をつけて、その伝言にはいくばくかの

改変を加えた。

「——ミルデの族長、ガルヤにこう伝えるがいい。フェルビエは、この山に蔓延る呪病に効く薬を手に入れた。薬を分け与える代わりに、対話を望むと。フェルビエ族長アテージオは、ひとり宝城のあとかたにて待つ」

宝城のあとかた。

それは山脈の奥、雪に閉ざされた場所に立つ、朽ちかけた城の名だった。

かつてそこには山脈を統べていたひとつの王国があったと言われるが、今はもう、誰のものでもない。

白亜の残骸は、アルスバントの聖地とも呼ばれる。

「薬を手に入れたくば——必ず、ひとりで来い」

指定した日付は、アテージオが示したものより一日早く告げた。

ひとりで行き、ひとりで戦うつもりだった。そのために、薬があるという方便も加えた。アテージオは、「あの男は来る」と言っていた。

ひとりで来いといえば、必ず来ると。

ロージアもまた、その言葉に同意していた。

あの男は来る。
ガルヤは来る。
迎え撃つのは私ひとりでいいのだと、そう思うだけで、なぜだろう、ロージアの胸は、歓喜のように騒いだ。
——死人狂いのミルデに絶望を。
そしてあの男に。
私の名を。

ロージアのその裏切りを、アテージオではなく天が憂えたのか。その日、山脈の空は凍てつくような牙を剝いた。
突風にあおられた氷片は、肌を裂くだろう。
望むところとロージアは思った。
それこそが似合いだと、彼女は笑った。
夜明け前、兄であるアテージオの戦装束と同じものを身にまとった。戦いに生きるフェルビエの部族には古く、族長に替え玉をたてる風習がある。今はもうすたれつつあったが、ロー

ジアは時にその役目を果たしていた。ロージアとアテージオでは、背丈に差があったが、雪の戦場で装束をまとえば敵の目ぐらいは誤魔化せる。

長くは保たないだろうとロージアにはわかっていた。

自分のたくらみは、きっと兄に露見する。

しかし長い時など必要もないと思っていた。

交わすのは言葉ではない、剣なのだから。

宝城のあとかたは朽ちかけた石の壁にびっしりと雪を張りつけ、白い木々の間に幾百の時を越えて佇んでいた。

やがて獣と、男の影。

白い闇の中で、あらわれたその姿を、ロージアは剣を握り、歓喜とともに迎えた。

「──嵐になったな。蟷螂どの‼」

ミルデの第一声はそんなものだった。外套により半分以上顔が隠れていたが、鼓膜を震わせるその声は、ロージアの胸に届いた。

間違いはない。

あの、男だ。

ガルヤは自信に満ちた足取りで、躊躇うことなくロージアのもとに歩いて来た。

「こうも荒れていては、話もままならんな！ まったく適わん！」

呵々と笑う、その声は、雪の風にあおられどこか遠かったが、はっきりと聞こえた。ロージアは彼の言葉に応えずに、剣を鞘から抜き取った。

「ほう」

ガルヤの歩みが止まる。

「どういう、ことだ」

「どういうことかね」

ロージアは、仮面を投げ捨てる。

そこにあらわれた、赤い唇に、激しく美しい表情に、ガルヤはひゅう、と口笛を鳴らした。

「どうした」

彼女のことを覚えているのかいないのか。ガルヤはただ、暗く笑った。

「自害の助けを、わざわざこの俺に頼もうと？」

明らかな嘲笑。けれど乱れることはないのだとロージアは思った。自分の心は静かだ。静かに、けれど確かに、この嵐のように猛り狂っている。

「我らが雪蟷螂の誇りにかけて、フェルビエ族長、アテージオに代わり、幾百のフェルビエの死者の魂を持って」

静かに構える。

「——貴君の首を、頂きに来た」

頬を駆けていく冷気の痺れ。細い雪の刃が肌を切るというならば切れればいい。戦場に、美しさなど、微塵もいらない。深くかぶった外套の下、それだけしか表情は読めなかった。

ガルヤは唇を歪めた。

「やれやれ……」

ゆっくりと剣を抜き、肩に担いで。

「そのためにこうまでして一人で来たというのか。少しは頭のある者があらわれたのかと思えば……。それだから、お前達は、古くさい阿呆だと言うのだ」

ひとつだけ聞いておこうかと、アテージオは言った。時折、吹き上げる嵐により視界の混信をおこしながらも、最後に彼らは言葉を交わしあった。

「……呪病に効く薬なんぞ、本当にあるのか？」

しばしの沈黙。

ロージアは、静かに答えた。

「気狂いのミルデには、死こそが特効となるだろう」

違いない、とガルヤが嗤った。

それがはじまりの合図だった。

剣を振るう腕は重たかった。

辺りは吹雪、身を切る氷片の嵐である。じきに足下が雪にとられることだろう。肺を凍らす冷気。かまえた剣。その間合いに対峙する。

――相手は憎き、ミルデの族長。

猛りのままに叫びながら、彼女はこのために自分は生きてきた、とロージアは思った。

まれた、これがその意味だと彼女は思った。

かつて自分は未熟さゆえにたくさんのものを失った。――奪われた。この男に。

彼を殺せばこの戦は終わる。フェルビエの勝利は約束される。双方の援軍が来る前に、彼に剣を。その首を。

臆することはない。体格の差がある。懐にすべり込み、その喉もとを狙う。

終わらせる、この手で。

この戦も、吐き気がするほどの劣情も、これで終わりだ。

「――っ!!」

斬りかかったロージアの太刀を、正確に相手は返した。

自分自身の一撃の重量に神経がやられる。

もはや眼球は使い物にならない。嵐にまじる雪の刃がその表面を凍らせるから。

ミルデ族長に曲刀を下ろす。すんで、届かない。この両刀は、まさに己の両腕である。片手に持った短剣がはじかれる。

まだだ、まだ。

終わらない。

間合いを取り、懐剣に替え、腰を低く。呼吸を整える。

戦いの中、ミルデの族長は白い氷雪を振り切るように外套を脱ぎ捨てた。

「面白い」

白い世界にあまりに映えるその黒髪と、深く黒い瞳。

歯を見せ、笑う。

胸の奥、心臓の裏側をなでる声が、自分に放たれる。

「ずいぶんと腕をあげたな」

問いかけに、熱が駆け上る。名を名乗れ。フェルビエの女戦士よ」

かつて雌虫と蔑んだ彼が、今、彼女に名を問うている。自分に血が通っていたことを、唐突に思い出す。

そうだ、ずっと、言ってやりたかった。戦にしか生きることのない彼に、戦にしか生きることのない自分の名を刻みつけてやりたかった。

「私は」

聞くがいい。

「──私はロージア！ フェルビエ族長、アテージオの血族である!!」

 絶叫するように、ロージアは　相対するミルデの族長、ガルヤはにやりと笑った。狂人の笑みは白い闇の中。

 ──目を奪われるほど美しかった。

「アテージオの血族、雪蟷螂のロージア」

 彼の呼ぶ声はロージアの耳を灼や、その心を灼くようだ。

 嵐のような、絶望よ。──喜びよ。

「──ミルデのガルヤよ、覚悟──っ」

 その高揚のままに振り下ろす、曲刀はガルヤの額を割るはずだった。

 音を立て、ロージアの剣を受け止めたのは、ガルヤがはじいたはずの彼女の短剣。衝撃。

 崩れるバランス。吹き荒れる白い風。

 そして散る、赤い花。

「……っアアア!!」

 凍土に倒れ、悲鳴は獣。

 白い大地が血に染まる。

 血は春まで黒く残るだろう。美しい春を穢すように。

多量の血はガルヤのものではなかった。ロージアの片腕、その肘から下が、骨さえ断たれ、ガルヤの足下に落ちていた。
「フェルビエのロージア」
落ちた腕を拾い、ミルデのガルヤは額ににじむ血をぬぐいもせずにロージアを見下ろした。
「ともに来い」
なぜ、その言葉が掛けられたのか。
アルテシアにはわからなかった。あざけりでも戯れでもないようだった。彼はもう、笑ってはいなかった。額から流れる血が、顔を濡らし、凍りついていく。
ロージアは自ら血のほとばしる肘を雪に差し。
「断る」
と吐き捨てた。痛みと屈辱と覚悟に歪んだその顔を見て。
ようやくガルヤは笑った。
切り落とされた彼女の腕、その傷口に歯を立てる。
それはロージアへのあざけりのようであったし、また同時に愛したものを喰らうという、フェルビエの言い伝えを真似るようでもあった。
「また会おう。……ロージア」

向けられた背の大きさに、負け犬となったロージアは血の涙を流す。
奪われた片手とともに、ガルヤはロージアの心の臓に、たとえ死しても消えろことなき傷を残した。
吹きすさぶ雪の中で、涙も凍り、叫びも凍るが。
燃える劣情だけが、彼女の胸を灼く。
（殺してやりたい）
あの首を斬り。
地に叩きつけ、あの男を。
（——喰らい尽くしてやれるなら）

かつてフェルビエは、まさにその想いこそをこう呼んだのかもしれない。
——雪蟷螂の恋、と。

どれくらいそうしていたのだろう。吹雪は止んだが、風は地の雪を舞い上がらせ、ロージアから熱を奪っていく。駆け抜けていく風の音は、宝城のあとかたを啼かせるように低く響いた。
 雪に差した自分の肘は、もう痛みさえ感じられない。身を切る冷たさに、神経が死んだようだった。
 視界に、凍った自分のまつげだけが見える。
 目を閉じれば終わりだと思った。眠るように美しく、戦の民としてここで果てる。山脈の大地に還るのだ。
 敗北は死。今更一体なんの、抵抗がある？
 死すべきだとさえ思った。自分はきっと、その罰を受けるだけのことをした。
 それなのに。
（なぜ）
 問いかけだけが、もう終わろうとする、心の臓を激しく叩く。
（なぜ、ガルヤは）
 ともに来い、と。
 そして。
 また会おう、と——。

風の音に混じり、聞こえた獣の足音に、ロージアは痙攣するようにあごを持ち上げた。なにが訪れるのか、なにに、誰に、訪れて欲しかったのか。それは決して考えなかった。

吹雪は止んだのに、なにも、なにも見えない。視界が濁っている。見えない。もう、なにも見えない。

目の前に影が降りる。そして手でなく刃でもなく、言葉がふりおろされた。

「立てるか」

低い声。震えることなく、惑うことなく。救いではなく断罪でもなかった。

なにごとか、返そうと思った。

「……」

動かそうとするだけで、唇が割れた。血さえも出なかった。

「お前の、部族の名を言え」

追い打ちをかける問いかけは、ゆっくりとロージアの焦点をあわせていった。

その姿を、現世を、必死に象ろうとするかのように。

そうだ、私は。

「……わ、た、しは……」

衣擦れのような声が出た。

「聞こえぬ!」

叱りつけられるように言われた言葉で、ロージアは、くしゃりと顔を歪ませた。

「私はフェルビエ!!」

絶叫は、宝城のあとかたに、痛いほど響いた。

「この熱こそが我が命——」

残った腕で雪の大地をつかみ、立ち上がろうとした。けれど肘はたやすく折れて、雪の中へと倒れ込んだ。

「この血こそが、我が、宝!!」

足も重く、凍り、動かすことはできない。無様だった。

醜かった。

それでも、立ち上がりたかった。

「山脈の雪蟷螂、フェルビエのロージア……!!」

叫びは途切れた。肩をつかまれ、引きずりあげられ、抱き留められた。

強く、苦しいほどに、強く。凍りついた身体にも熱が、届くように。

耳元に囁かれたのは、小さく、絞りだすような、悲しみの声。

「死ぬな」

ロージアの視界が、にじむように揺れた。

「兄上」

言葉にして呼べば、粉々の心が悲鳴をあげて、凍る暇さえ与えずに、大粒の涙が落ちていく。

涙を落とすことなどどれほどぶりだろう。涙ではなく血を流すのだと思っていた。それなのに。

熱いしずくなど、凍りついたと思っていた。

「兄上、兄上、兄上──……‼」

壊れたようにロージアが呼ぶ。アテージオは抱く手にさらに力をこめた。

「──そうだ。私はここにいる。……私を、守れ。ロージア」

彼もまた、泣いているのかもしれなかった。

「もうこれ以上、私から奪わないでくれ──」

誰よりも強く、王者であった彼。フェルビエを未来へ導くために、父を失い母を失い、愛する妻を失ってもなお、強く拳を固めて言葉を殺した彼が発した。

それはたった一度きりの、嘆きの言葉だった。

その冬は、フェルビエから多くの命を奪っていった。

アテージオはロージアに多くを尋ねなかった。けれど間違いなく彼女のせいで、彼らの対話は成り立つことはなかった。ロージアは心のどこかでわかっていた。……ミルデのガルヤは、対話に応じる姿勢を確かに、見せていたのだ。けれどそれを兄に伝えることは出来なかった。あの男のことを口にしようとするだけで、息が出来なくなりそうだった。なくした腕に刃をくくり、すべてを忘れるために戦へと没頭したが、狂戦士とはなりえなかった。

たとえ片方の腕でも、兄を、族長を、守らねばならないと思った。

冬が峠を越す頃には、木の葉が翻るように、ミルデとの形勢は逆転していた。惨劇の再来のようだった。過去のそれよりも更に、過酷なものだった。フェルビエの多くの戦士が戦によって大地に還り、また幾人もの人間が、病により無残に空へ還った。

そして冬の終わりも近くなり、最後の猛威を振るうように、ひときわ寒い夜だった。

フェルビエ族長、アテージオは、突如として、血を吐いて倒れた。

駆け寄り、肩を支えながら、ああ、と思った。

不思議と、心は波立つことはなく。

ロージアは山脈の民であったから、真の絶望は、雪のごとき真白さであった。

(これで、終わりなのか)

なによりも鮮明に、敗北を感じた。
肩を貸すほどに近づいて見れば、アテージオの容貌はもう、あまりに衰えていた。しかしそれはまた、病に冒されぬロージアでさえも同じであったから、こうして血や吐く段に至るまで、誰も気づかなかった。
否、気づきたくなかっただけかもしれなかった。
山脈に突如として吹いた死の風は、フェルビエを滅ぼすのだと思った。
ここしばらくは大きな衝突がなかったが、どれほど死力を尽くしたところでもう勝ち目はない。自分には片腕がなく、跡継ぎであるアルテシアはまだ、懐剣しか握れない。
終わりだと思った。
それは彼の病を知ったフェルビエすべてが感じた終焉だった。けれどもその中で、アテージオだけが、行動を起こした。

「魔女の谷へ」

みるみる衰えていく実兄は最後の望みに魔女をすがった。折りしも季節は絶冬の終わり。山脈の民があの隠者の谷へと足を踏み入れることができる、ほんの一瞬。未来をうしなった族長は他者の託宣に自分の運命を占わせることを選択した。自分の意志以外の、なにかを求めた。
ロージアはその片腕で、アテージオを抱きかかえるように、魔女の谷へと向かった。

「──ようこそ、フェルビエ」

姿を見せた自分達フェルビエの兄妹に、暗い洞窟の中、魔女は笑った。幼い器の口元だけを見せ、二人が来ることなど百年も前からわかりきっていて、それでもお笑わずにはいられない、そんな笑みだった。

「ようこそ。これで役者は揃ったよ」

どういうことかと、問いかけることさえ難しいほど、二人は疲弊していた。

そこにいたのは。

通された洞窟の奥。

「──待ちくたびれたぞ。フェルビエ」

ロージアは、自分の心臓が数秒、拍を打つことも忘れるのを感じた。どれほどかすれていたとしても、その声を聞き逃すわけがなかった。いようと、その姿を見間違えるわけがなかった。

そこにいたのは、ミルデのガルヤ、その人だった。

山脈の雪蟷螂、蛮族フェルビエ。

相対するは、死人狂いの狂人ミルデ。戦がはじまる以前よりもはや数十年、一度も叶うことのなかった族長の対面。それが今。この時に。まるで運命のように。

なぜ、と思う。

なぜここにミルデのガルヤが。魔女の谷への道行きは細心の注意を払った隠密であるはずだった。それを待ち伏せ、決闘でも行うというのか。それなら、アテージオにもう勝ち目はない。戦うのならば、自分がこの片腕でも。

「お前が訪れるからと……ここで待っていれば……魔女よ。これは、天罰だとでもいうのか」

「……俺達は……」

呟きは疲れ果てていた。ミルデのガルヤ。その目はくぼみ、瞳は濁り、頬は痩せこけ。色素の沈殿し黒ずむ肌。

その症状はまさに、目前に立つアテージオと同じもの。

フェルビエの兄妹は悟り、息を呑んだ。

山脈に吹く死の風は、ミルデにもまた等しく吹いたのだった。生まれてはじめて、神の存在を感じた。二人の族長を並べ、見比べた魔女は、その運命の皮肉を愉快そうに笑った。

「天罰と言ったねミルデ。魔女もそう思っているよ。この病は山脈の呪い。お前達の誰のもの

でもなく、そしてすべてに落とされた天の裁きのようだったよ」

魔女は笑っていた。

彼女の笑いは、あまりに無邪気で、それゆえに、空虚だった。

「いいことを教えてあげるよ。この病魔はね、この冬を越えることが出来ずに、山脈を去るよ」

けれど病人は決して快癒することはないよ、と魔女は、無邪気に笑いながら死神がごとく告げた。

「それが魔女の答えだよ、ねえ二人」

二人の族長。ひとりの魔女。立ち会いをしたのはロージアひとりだった。ミルデは病に冒された身でありながら、単身、誰にも告げずにここまでやってきたのだろう。

「……病魔は、去るか」

アテージオが、ため息のように力なく問えば、「ああ去るよ。この病魔は山脈の冬を越えられないよ」と魔女が頷く。

「だから、君達が死んでも、山脈は滅びないよ。当分の間だよ。それは保証してあげるよ」

その言葉は、二人の君主の心に一体どう響いたのか。二人はずいぶん長い間、鞘に入ったままの自分の剣を指先でたどった。

その姿を、ロージアは、呆然と見つめた。

滅びゆく人々の君主であるのなら。未来に続くものがなにもないのなら、彼らは最期の力で

互いに決着をつける道を選んだことだろう。
　しかし魔女は、民は続くと言った。二人は、最後の君主にはなりえなかった。
「ミルデよ」
　アテージオが目を閉じ、呟く。しかし続く言葉はなかった。
　呼ばれたガルヤは喉の奥で静かに笑い、自分の顔を手のひらで覆いながら、滲みいる声で言った。
「実にくだらない、人生だった」
　そしてどちらともなく結論を出した。対話や協議など必要はなかった。今まさに同じ場所で同じ空気を吸い、そして同じ病魔に蝕まれていたからこそ、言葉はもういらなかった。
「谷の魔女。証人となってくれるか」
「フェルビエとミルデの存続と統合。そして恒久なる和平のために」
　どちらともなく、こう告げた。
「この凍血戦争に、終焉を」
　それが二人の答えだった。
　中立の魔女は証人となった。
　見届けたのは、ロージアひとり。
「いいよ、この魔女で良ければ、証人ぐらいはいくらでもなるよ。だって魔女は死なないよ」

谷の魔女は二人の決断に驚くでもなく異を唱えるでもなく、提案でなくやはり託宣を与えた。
「でもすぐは無理だよ。誰も納得しないよ。まずは停戦だよ。十年、十年だよ。……その間なら、死した君達の威光もなんとかもつよ」
「——そののちは」
「二つの異なる部族の統合だよ。太古の昔から、変わり映えのない方法があるよ」
　婚礼だと、魔女は言った。
「婚礼だよ。それは愛だよ。それは血だよ。血を混ぜるんだよ」
　戦の世にありながら、アテージオがその背に守りきったのは、彼が愛した女の忘れ形見。精霊のような少女アルテシア。
　そしてガルヤにもまた、ひとりの息子がいた。その存在を、とうの昔にロージアは知っていた。戦を率いるミルデの族長。彼には妻があり、子もあるということ。
　その子らは、まるでそのために生を受けたかのようだった。
「……あの息子に、雪蟷螂を娶れというのか」
　ガルヤは低く笑った。彼もまた、自分の息子にアテージオとは違う特別な思いがあるようだった。その笑い声は、ロージアの胸を突いた。
　婚礼。二つの部族が、添い遂げる。

「それで、未来は約束されるのか」

歯をきしませながら、アテージオが聞く。魔女は笑った。

「約束される未来などないよ」

彼女の言葉は山脈の雪よりも冷たく辛辣だった。

「ねえ、昔話をしてあげるよ。君達の知らない昔の話をしてあげるよ」

長い煙管を指揮棒のようにふるって、魔女は朗々と言った。

「かつてこの山が鉱物にあふれる宝の山だった頃、山脈の部族はひとつの国家に従属していたよ。もはや数百年も前の話だよ。小さな小さな雪の国だったよ。小さくとも、豊かな国。その豊かさを力に変えて、すべての部族は彼らの手の中にあったよ。でもその統治は続くことはなかったよ。雪の小国は滅びたよ。小国はその富と自らの愚かさに崩れたよ。最後の王子も自らの民により とらえられ、罪人よりも無残な形で魔に墜ちたよ。栄光の王城も、今はただ、白い瓦礫だよ」

詩人がごとき叙述の言葉。それはただの伝承か、それとも不死なる魔女の回想なのか。

「恒久なる平和など永遠に訪れないよ。けれど、平和でない世界でさえも永遠ではないよ。いつか山裾の国々が攻めてきたときに、戦を続けていた君達は、自分の誇りとこの山を守れない」

さあ腕の見せ所だよと、魔女はアテージオに笑いかけた。

「君の娘は生き抜きの雪蟷螂だよ。この山脈で一番激しい種族の女だよ。山脈に新しい風を吹かせてごらんよ。魔女が証人になってあげるよ、だから」
「婚礼だよと、魔女の声だけが、こだまする。
「楽しみだよ。魔女でさえも楽しみだと思うんだよ。君の娘は、一体どんな風にミルデの息子を喰らうんだろうね」

 雪蟷螂と呼ばれるフェルビエの女は想い人さえ喰らうという。
 しかしそれはただの伝承である。誓いの口づけにおいて、フェルビエの女のつけた紅が、男の唇にうつり、血のようだった。ただそれだけのこと。
 否、本当にそれだけのことか？
 薄暗い洞窟の入り口で、ミルデ族長と向かい合いながら、ロージアは強く自分の唇を噛んでいた。アテージオは魔女に話があると言った。では、席を外そうとガルヤは簡単に言い、なぜかロージアも同伴する形となった。
 同じ空気を口にするだけで、なくした腕がひどく疼き、残った利き腕を、曲刀から離すことが出来なかった。

今、斬りかかれば、この男の首が獲れるのだろうか。

出来るはずがなかった。病に冒され満足に剣も握れない相手の首を獲って、一体なんになる？ 戦が続くのならば意味もあったかもしれない、けれども、戦でさえも終わるという。だというのに、衝動だけが、心臓を叩く。

息苦しい沈黙がまるで永遠のように続いた。

「……なぜ、黙っている」

やがて沈黙に耐えきれなくなり、口を開いたのはロージアの方だった。相手の方は振り返らなかった。だからどんな顔をしていたかわからないが、ただ、くっと喉の奥で笑う気配だけを感じた。

「なにを、言えと？」

かっと、熱が耳まで上がった。喉から鉛を流し込まれるようだ。殺してやりたい、と激情が胸を灼いた。

その程度の扱いなのかと思った。アテージオの妹として、仇敵として、強く相手の胸に刻んだのだと思っていた。そう思うことで自分をなぐさめていた。血を残す必要もなく、誰かを愛することもなく。

戦に生まれ、戦に生きた。このまま死ぬのだと思っていた。

それなのに。

……はじめて剣を合わせたあの日から、自分は一度も忘れたことがないのに。

「ああ、そうだ」

と、ガルヤは雪原を遠く見つめたままで、他愛のないことのように囁いた。

「お前の腕は、俺がもらい受けた」

驚き、振り返る。立っていることもつらいのだろう。半身を洞窟の壁に預けて、ガルヤは笑っていた。病のせいか、面影はずいぶん変わっていたが、それでもやはりその瞳は深かった。その深い瞳を静かに閉じて、安らぐように彼は言った。

「お前の腕は俺がもらった。死の山まで、持って行く。……代わりに欲しいものがあるか」

ミルデの永遠。

私の腕。

痛み。口づけ。殺意。赤い血。

——ああ、吐き気がする。

「貴方を」

風よ吹け。

嵐よ起これ。

この声を、この言葉を、かき消してしまえ。

「あなたを、喰べたい」

たった一本、残った手首を引かれた。ガルヤの痩せた手が、ロージアの腕を引いた。
それがたった一度の情交だった。抱きしめられることさえなく、口づけのひとつも交わさなかった。
息の届く距離にあってさえ、山脈の冷たい風が、互いの熱を奪った。
男と女は分厚い手袋をしていた。
その事実だけが、それからのち、女に身を灼く後悔を残した。
男の体温を感じられる、たった一度を、女は逃した。

「悪いな」

ロージアの腕を引き、彼女を覗き込みながら、ガルヤは間近で笑い、静かに言った。
「お前とともに俺が逃げれば、ミルデは滅ぶ」
血が二人を引き裂いたのか。
時代が二人を引き裂いたのか。
否。
剣を交わさなければ
愛し合うことさえも、きっとなかった。

「谷の魔女よ」
洞窟の奥では、アテージオが魔女に、静かに問いかけた。
「……この盟約が、あと、十年早ければ……」
ため息は後悔か、それとも避けられぬ運命への諦観か。
「結ばれる二人は、私の、子供らではなかったはずだ」
苦汁をなめるようにアテージオは言った。彼は厳しい兄であり、同時に優しい兄だった。
くすりと笑う、声がする。
「その仮定は愚かだよ。たとえ問いかけであったとしても無意味だよ。優しさとしてもあまりに馬鹿馬鹿しいよ」
すべてを見通す谷の魔女は、起こらなかった過去には興味がないというように、静かにアテージオに囁いた。
「十年前なら殺し合いだよ。殺し合わねば生まれない恋だったということだよ。どちらも楽園で、どちらも楽園だよ。そして地獄と楽園のどちらが幸福であるかはわからないよ。それは当人しか知りようのないことだよ」

幕間　氷下の追憶

ただね、と谷の魔女は、予言でも託宣でもなく、ほんの思いつきのように、言葉をひとつ、添えてみせた。

「……雪蜻蜋の愛は深すぎる。それが希望でもあり、また等しく絶望のようにも見える。彼女の恋情は……なにかを起こすのかもしれないね」

ロージアの片腕、その手の中に、ミルデの族長は小さな金属片を握らせた。それは鍵。どこの、なんのものかはわからない。けれど小さなその鍵は、その小ささに反して、ひどく重たかった。

ロージアの耳元に唇を寄せて、ガルヤは言う。

「俺のすべてはお前にはやれない」

だから、と囁きは低く、かすれていた。

「俺の永遠をお前にやろう」

そんなものいらない。

なにもいらない。

「……ロージア」

あなたを喰べたい。

集落へと戻ったアテージオは、誰よりも先に、娘であるアルテシアに向き合った。

小さなアルテシア。

戦の時代に生まれ、死に行く母の胸に抱かれた少女。雪の精霊のように表情を殺した彼女は、生まれながらにフェルビエの長となる行く先を定められ、そして今、その身と心さえも、母を殺した敵族の息子に明け渡せと命じられる。

戦のために戦士として生きろといい、平和のために女として死ねという。

運命というにはあまりに無惨なその未来を、一体どんな思いで迎えるのだろう。

拒むことはないだろうとロージアは思っていた。

きっと拒みはしない。少女の凍った横顔は、生まれながらに覚悟をしている。

従順に頷くばかりだろうと思っていたが、アルテシアはひとつだけ、問いかけを囁いた。

かすかな声で。

透明な瞳で。

「春は、美しいですか」

アテージオはその答えとして、小さな彼女を抱きしめた。

それが、病に死した族長の、最後の抱擁となった。

アテージオとロージアは、ただアルテシアが生き延びる道を探した。フェルビエすべての家を回り、アルテシアとよく似た年格好の娘を捜した。美しい容貌の娘を迎え入れ、アルテシアの影武者とする。よく似た年。そして同じ髪と瞳。こちらから戦いを仕掛けられない以上、休戦となることが身の安全につながるわけではない。

これまでよりも暗殺の危険は高まる。

アルテシアには影武者が必要だった。

そしてそれ以上に、彼女には剣が必要だった。

生きるために。殺されないために、心だけでなく身体も、誰よりも強くならねばならなかった。

剣を教えることとなったのは白銀のロージアだった。抱いてやることも、なでてやることも出来なかったが、アルテシアはロージアのすべてを吸い上げるように、驚くほどの速度で剣の腕をあげた。

彼女の戦に備えるように。

雪蟷螂の名に恥じぬように。

結局、アテージオは長く保つことはなかった。病魔に冒されたものとしては、驚くほどの執念であったが、短い山脈の夏が来る前に彼は死んだ。皮肉なことに、呪病で死んだ、フェルビエでは彼が最後のひとりとなった。

彼の葬儀、死に際にさえ、アルテシアは涙ひとつも落とさなかった。その隣に寄り添うように、手のひらを重ねて、身代わりの少女が立っていた。ミルデとの休戦。そして和解への道程を行くということ。蛮族とさえ呼ばれるフェルビエ族長アテージオは反発した。かつてのロージアのように。しかし、凍血戦争最後のフェルビエ族長アテージオは、その死をもって一族の民を説得したのだった。

時を待たず、ミルデ族長ガルヤも、死の山へと旅立ったと報告を受けた。首からかけた、古びた小さな鍵がなんなのか、もう永遠に答えはでないのだと、ロージアは思った。

忘れられると思っていた。あの邂逅から一度も、死に目にさえ会うことはなく、ただの淡い幻想だったと思い込もうとした。

彼の名を唱えるたび、彼の姿を浮かべるたび、なくした腕が凍えるように痛んだが、それさえも幻だ。

消えないのは、自分の罪ばかりなのだとロージアは思った。

(私の恋は叶わなかった)

永遠をお前にやるといった、ガルヤの言葉は、ただの戯言。ミルデのガルヤは死の山で、先だった妻とともにあるに違いない。もうすぐ夏も来るというのに、ひどく寒い夜だった。霜の降りた山脈の凍土に立ち、ロージアは遠く、ミルデの集落がある方向を望んだ。吹きすさぶ風は、溶けかけたはずの雪の表面をより鋭利なものにしていく。嘆くことさえ許されない。浮かぶ涙も、凍るから。

ロージアは静かにまぶたをおろして。

魂までも凍れと、静かに願った。

第六章　永遠の欠片

アルテシアは死んだ、とガルヤは言った。

嵐の夜だった。白い風が外を凍らせていた。はぜる薪の音も大きかった。

珍しくもルイの——アルテシアの寝所にやってきたオウガは、ルイを見ることなく、窓にその指先をつけて、白く濁る外を見ていた。

腕を伸ばせば指先も見えなくなるような、白い牙の夜。

『聞こえなかったか』

とオウガは言った。

『雪鳥の伝令が入った。昨日、魔女の谷付近の集落の民が地響きとともに雪崩に巻き込まれた。生き残りの話によれば、魔女の谷は地形を変えるほどのものだったという。あの阿呆達が順調に魔女の谷に着いていれば、丁度巻き込まれた可能性が高い』

ルイの頬はただ、小さく痙攣した。

笑おうとする衝動を、笑ってはならないという理性。馬鹿馬鹿しいとあざ笑ってしまいたいのに、それは彼女の主のする仕草ではないから。

オウガの言葉は事実だったのかもしれない。けれど真実ではない、とルイは思った。地が割れ星が落ちようとも、そのこととアルテシアの生き死には、なんの関係もないとルイは思った。

口に出すことさえも億劫だった、

その沈黙を絶望ととったのか、オウガはそれ以上言葉をつなげず、部屋から出て行った。

それらはほんの、数日前のことだ。

　ルイはオウガの言葉を信じなかった。決定的ななにかが訪れるまで、たとえそれが雪解けの季節になろうとも、他人の言葉など決して信じないと、ルイは心に決めていた。けれどそう思いながらも、懐剣をなでている自分がいた。鋭利な刃をなぜながら、

（死なねばならない）

とルイは思う。夜の静けさが心を狂わせてめまいを連れてくる。

　もしも、アルテシアが死したのなら、自分もまた死なねばならない。あるいは。

（──殺さねばならない）

　そう、死ぬ覚悟があるのならば、自害も殺害も同じことだ。

　オウガを殺そう。

　反撃されて殺されるのならば、それもよし。

　──あの男を殺せば、アルテシアの死亡は、隠し通せるかもしれない。

　その深い絶望は、まるで喜びのようにルイの心の水面を揺らした。ああ自分の中にも蛮族の血が流れているとに、ルイは今更ながらにそう思った。それでも、鏡の前に立ちその覚悟が出来てしまえば、不安と絶望の震えもおだやかになった。それでも、鏡の前に立ち、今はいない君主の面影をそこに見れば、不安とため息ばかりが吹き出すようだった。

　それを振り切るように、ルイはベッドに横たわるときつく目を閉じて思考した。

第六章　永遠の欠片

アルテシアは生きている。アルテシアは帰ってくる。だとすれば、自分のするべきことはなんだと、自問する。

(もしも先のミルデ族長の首が戻らなければいいが、戻ったとしても。

(本当に、戦を？)

彼は憤っている、とルイは感じていた。理由ではなく、近い距離にあることで胸に響くなにかだった。彼は憤っている。フェルビエに対して？　アルテシアに対して？　それともこの理不尽な婚礼に対して？

(いいえ違う)

とルイは思った。彼女には奇妙な確信があった。

(彼は、自分の父親の首のゆくえを知っている……？)

だから、決して自分から捜そうとしないのではないかと思った。下手人が誰か。それがミルデの手の者であれば、今回の件はただの自演である。戦をはじめるために理由だけをつくりあげたに過ぎない。

(戦の、利は)

数え上げればきりがなかった。厳しい山脈の地だ。食も家畜も人力でさえも、奪い取りたくなるほど貴重である。

（けれど）

彼は戦を、ミルデの民のためだと明言はしまい。彼は憤っている、とルイは心の中で繰り返した。もしも今戦が起きるとするなら、それは私闘であるのだとルイは思った。私闘、そうだ。

（彼は、恨んでいる）

ルイははっきりとそう思った。

誰かを。

——なにを？

唐突に、ベッドに横たわる自分の身体に冷たさと重たさを感じた。心臓に圧迫を感じる。目を開けたいのに、まぶたがひどく重たい。

鼻の奥が強く痛んだ。痛覚があるというのに、意識が急速に落ちていくのを感じる。

それが不可解であると思う余裕さえなく、訪れたのは、闇。そして、誰かの——

†

第六章　永遠の欠片

冷たい廊下。
走る音。
閉ざされた扉。
自分の息の音がうるさかった。
心臓の鼓動さえ、止まってしまえばいいと思った。
扉が見える。自分は禁忌に触れている。だからなんだ。
赦されることなど、とうの昔に諦めた。
この身こそ、この心こそが罪の証だ。
永遠をお前にやると言われた、彼の言葉を嘘とは思わなかったが、永遠の受け取り方など知るはずがなかった。ただ罪だけを抱いて死ぬつもりだった。
悪魔のような囁きを聞くまでは。
それはフェルビエを蔑むミルデの、あざけりの言葉。
(尊き先代。その永遠生は、死してなお今も、貴様の——)
生きたまま火あぶりにされたとしても。兄を裏切ろうと一族を裏切ろうと。
——私はこの罪に殉ずる。
たどりつく。ここは、ミルデの民でさえ入ることは許されない神の間。
自身の首をたどり、胸元から取り出すは、小さな金属。

貴方が、私にくれたもの。
指が震えて、うまく鍵穴に入らない。片腕であることが、もどかしいと、久方ぶりに思った。
失ったものは大きかった。けれどこの鍵こそがその対価。
たった一度の交歓に、貴方が、私にくれたもの。

(俺の永遠を)

開くはずのない扉。
ミルデの永遠。
恋い焦がれた、私の命。

(お前にやろう)

たったひとり。
貴方を、喰べよう。

目覚めは唐突だった。
息を吹き返すように、思わずあえぐ声が出た。その声に飛び起きて、ルイは肩を揺らした。
額ににじんだのが、自身の汗だと信じられなかった。

(今のは)
夢を見た。

(夢?)
思わず確かめたのは。己の右手。
それが、ある、ということ。

「！」
突然、誰かの笑う声を聞いた気がして、天井を仰いだ。辺りには薪のはぜる音だけがしている。

——子供の笑い声など、どこにもない。ないはず、なのに。

「——陛下」

囁くようにルイは名を呼ぶ。耐えきれず、求めるように。

「陛下、アルテシア陛下……」

貴方を待っている。貴方を信じている。

貴方のために死ぬ覚悟と、貴方のために生きる覚悟がある。

喉を鳴らし、きつく目を閉じて、ゆっくりと開いて。

闇の中、ルイは立ち上がった。

手には懐剣。

時は明け方。外はまだ闇の白。

息を殺し、ひそめて、立ち入るのは、開いたことのない続き部屋。オウガの寝室だった。

窓の白さよりも暖炉の火に赤く照らされた横顔。

寝息はなかった。まぶたがおりた顔は端正だ。

ルイはその胸元に手を掛けた。固い鎖骨を、静かにたどり、その奥にあるものに指を触れようとした、その時。

「!!」

手首をつかまれ、折れそうなほど強い負荷が掛けられた。悲鳴をあげる間もなく、身体が反転し、地に叩きつけられる。

第六章　永遠の欠片

したたかに頬を打ち、銀糸の髪が、はじけるように広がった。
「なにをしている」
問いかけとともに今度は首をつかまれた。ルイの細い首はオウガの片手にすっぽりとおさまり、喉が圧迫されて、答えようにも声が出せなかった。痛みよりも苦しさな感じ、あぶら汗が浮かぶ。
オウガはしゃがみ込むこともなく、腰を曲げるとルイの髪に手をいれ、その銀の髪をわしづかみにすると顔を上げさせた。
「くっ……」
痛みにうめくと、よりいっそう手に力がこめられた。
「……フェルビエの売女が。夜這いでもかけにきたのか」
ルイは薄く目を開けると、痛む頬を持ち上げて、「ええ、そのとおり。ミルデの族長さまは意気地なしで、お相手をしてくださらないから」と囁いてやった。
オウガの笑みが凍り、もう一度地に叩きつけられ、固い靴で腹を蹴られた。
思わず咳き込み、胃酸が逆流する。それを吐き出すすんでのところでこらえたが、腹部は熱を持ったように痛んだ。あざとなったかもしれない。
（顔でなくてよかった）
とルイは場違いなことを思う。もっとも、このままでは、顔も無事では済まないのかもしれ

「これが淫売の身の捨て方か。俺を殺してあの女の死を取り戻すつもりか
ないが。
その姿を見下ろし唾を吐くようにオウガが言った。
ルイの頬が引きつった。それが笑みだと、オウガに届いたかどうか。
「陛下は生きています」
痛みにかすれる声で、ルイは言う。
「私の陛下は、戻ってまいります」とルイは囁いた。
お話をいたしましょう、だからその前に、私は私の出来ることをいたします」
「すべての真実について。誤魔化すことなく、茶番もなく」
「……なにを、話せと」
見下ろしてくるその視線は暗かった。
ああ、一足先に殺されるかもしれないなと、ルイは心のどこかでため息をつく。
それでも、瞳の力はゆるめなかった。殴られても、殺されても、引くものか。
自分は真実に手を掛けていると思った。
「ガルヤさまのことです」
凍りついたようにルイを見下ろすオウガ。
言いながら、ルイはさきの夢、自分の思考をたどった。

「——理由は申せません。理由は申せませんが、族長ガルヤの首を奪ったのは、確かにフェルビエの……フェルビエの女、だったのではないか。私はそう考えます」

しかしそれは本当に冒瀆だったのか。

フェルビエにとって、死は終わり。大地に還り、魂は死の山へと向かうこと。生と血こそがすべてだ。

死した身体に永遠が宿るという考え方は、フェルビエの者だけでたどり着かない。略奪は、本当に冒瀆だったのか。

「族長さまは本当は、お知りなのではありませんか。貴方がそれを内々にさえ公表出来ず、婚礼に乗じて暴き立て、混乱を起こそうとするのは、ミルデを憎んだフェルビエの仕業ではなく、ミルデのガルヤを愛した……」

違う、とルイは思った。

自分の言葉は、間違っている。一方的なフェルビエの恋慕であれば、隠す必要などありはしまい。憎しみにすり替えることなど容易だろう。

佇むオウガ。その乱れた夜着の胸元に光る、小さな鍵。

神の間へと至る、小さな鍵。

その鍵を知っていると、ルイは思った。

「いいえ」

ルイは確信をした。
「——ガルヤが、愛したフェルビエだから。……違うの」
　オウガはルイを見下ろし、その表情は凍りついたように変化がない。
（フェルビエの、女）
（ミルデの神の間。
　お前もここに眠るかとオウガはアルテシアに言ったのに、どうしてだろう、ガルヤの妻は、ガルヤの隣ではなく、息子オウガの寝室に眠っている。
　族長の永遠生。ともに横たわるは妻でなく。
（……女の、手首）
　永遠生の略奪が、決して冒瀆ではなかったように。
　あの手首もまた、戦果ではない。
「——ロージア、さま」
　とルイは思った。
　問いかけではなかった。疑念さえ覚えなかったように。それはもはや考え得る選択肢でさえない、とルイは思った。
　それが、答えだ。
　次の衝撃は胸元にきた。今度は身体がはね飛ばされ、木の葉のように宙に浮かんだ。その
まま背後の扉に背骨があたり、息が止まるのをルイは感じた。

「黙れ。黙れフェルビエの取り替え子……!! だとすればどうする、許されることだとでも言うのか!」

 吠えるようにオウガは言った。崩れるように彼の倒れるルイの髪を再びつかみ、必死に彼の瞳に焦点をあわせながら、「いいえ」と囁きを絞り出した。

「いいえ、いいえ……」

 愛のもとであればなにもかもが許されるとは、ルイも思うことはなかった。けれど、今はその問答を交わしたくはなかった。かすむ視界の中で、黒曜のような瞳が見える。

「ミルデの族長さま——……」

 その瞳に、浮かぶはずのない涙を見た。涙の形をして浮かぶ、憎しみを、悲しみを、——寂しさを。

「——オウガ」

 呼び声は、まるで吐息。
「貴方が、許せないのは、誰?」
 腕を持ち上げたかった。肩が痛み、身体が痺れて動かない。それでも腕を持ち上げたかった。憎しみで凍るその頬に触れたい、と、ルイは思った。

「オウガ。……それほど、誰を、憎んでいるの」

囁きをうけたオウガの顔がみるみる歪み、そしてルイの髪をつかむ手に力がこもった。しかしその声はまるで、苦しむように、震えていた。

「愛がなんだ。フェルビエの雌蟷螂がどれほどのものだ。——俺の母親はどうなる」

いつの間にか、オウガの手につかまれ、ルイは立ち上がっていた。

扉に背を預けながら、自分の足で立っていた。

そして彼女に覆いかぶさるように、オウガが扉に腕をつき、血を吐くように、ただ、嘆いた。

「病の最期まで、あいつの名前を呼び、死してのちの永遠を信じて逝った、俺の母親を、どうしてくれる……!!」

その表情はもう、ルイには見えない。ただ嘆きだけが、ルイの胸を狂おしいほど灼いた。

ルイは目を細め、上がらない腕の代わりに、目の前にあるオウガの胸に、額をあてる。

(ああ、この人は)

この人はなんて。

(なんて、誠実な人だろう……)

ルイは永遠に身をやつし。

フェルビエとミルデは道を別った部族でありながら、そのどちらもが、死する恐怖を克服せんと独自の信仰をもった。

ミルデは永遠に身をやつし。

フェルビエは刹那に心を焦がす。

二つの部族の違いはそんなものろ、その二つが同一であるということを、女だけが知っている。

「お優しい族長さま」

言葉に出して呼んでみれば、頬を伝った熱があった。血だろうかと一瞬思うが、落ちたしずくは透明だった。

涙だった。

決してこの男の前で泣くまいと決めていた、たとえ腕がもがれてもどれほどのなぶりをうけても、命ある限り本物の涙は流さないと決めていた、それなのに。

あれほど得意だった嘘の涙よりももっと熱く、重力に引かれしずくはほたほたと落ちた。

「世にも誠実な、貴方」

つけた額から、オウガの鼓動が聞こえた。胸を波打たせ、彼は生きていた。

ルイは恋の多き女だった。その自覚があった。生きていくことのなにかを埋めるように恋をして、様々なよき人と心を通じ合わせた。それでも、これほどの誠実な男には会ったことがないと、ルイは思った。

絶望のように胸が痛む。

そして泣き叫びたいほどの、喜びだった。

「優しい貴方、どうかその誠実さで、私の陛下を愛してさしあげて下さい」
 潰れた喉から絞り出す声を、どうにか涙で濡らして形にし、ルイは懇願した。
「永遠をその胸に持つ貴方の、その永遠の。ほんの片鱗でも構わないのです。女に味わわせて下さいませ」
 女にとって、それ以上の幸福などないと、ルイは思った。
「私の、陛下を。幸せにしてさしあげて」
 お願いしますと、生まれてはじめて彼女は打算ではなく心の底から、祈るように願うように、男にすがった。

第七章 宝城の弔い

第七章　宝城の弔い

どれほど質のよい睡眠であっても、目覚める時はまぶたの重たさとともに苦しさを感じる。またそれに対して、入眠の瞬間は、いかなる時であっても快楽であると、そんなことを思った。

五感が戻る。まず感じたのは、違和感のあるあのにおい。そして次に炎のはぜる音。痛みと熱。

ああこれが、生きているという証拠だということかと、アルテシアはまぶたを震わせた。

覚醒は苦しみを伴う。それでも目覚めないわけにはいかない。

生きている限り。

「アルテシア様……！」

視覚は最後にアルテシアの元に還った。ぼやけた視界の中で、彼女を覗き込み、必死にその名を呼んでいたのはトーチカだった。

「アルテシア様、大丈夫ですか、わかりますか、アルテシア様!!」

アルテシアの意識はまだ夢と現を不安定に行き来しているかのようで、彼の顔をぼんやりと見つめた。

トーチカの、肌が黒く壊死した顔が見える。灰の髪の奥を覗けば、両目のまぶたに刃をいれられた目元。細いその瞳から、落ちるしずくは、驚くほどの透明さだった。

（知っている）

私は、この人間を知っていると、アルテシアはある確信をした。
　彼は上着を身につけていなかった。傷だらけで、美しいとは言い難い身体を晒して、ぼろぼろと涙を落としている。
　火傷でもしたかのように、その変色した顔、身体が赤く照らされていた。
　また、自分の上にも布がかぶせられているだけで、つけていたはずの服も鎧も脱がされていることに気づいた。羞恥よりも、傍らに剣がない不安に駆られた。
「目が覚めたよ。族長様の目は覚めたよ。だから言ったよ。魔女は嘘をつかないよ」
　そしてトーチカの背後から、アルテシアを見下ろしたのは、谷の魔女、その人だった。間近から見上げて、その外套の奥、目元はやはり見えないが、ああ、子供のようだとアルテシアは思った。
「未だ意識は長い夢路から戻らず、現との境をさまよい続けているようだ。
　仮死の夢を見せてあげたよ。彼岸の境界に、連れて行ってあげたよ。戻してあげるといったのに、君の従僕は魔女の話を全く聞かないよ」
　その従僕は今も、アルテシアだけを見ていた。
「お身体は平気ですか、アルテシア、痛みは……」
　もうろうとする意識の中で、どうにか記憶をつなぎ合わせる。

第七章　宝城の弔い

　自分は氷の崩れた谷の川に落ちたのではなかったか。落ちたはずだ。そうであれば、自分達の現状も得心がいった。

　アルテシアは川へ落ち、トーチカもまたそれを追ったのだろう。疑いようはなかった。

「魔女に助ける用意があったとしても、彼を意識の外に追いやって、洞窟の暗い天井を見た。

　アルテシアはとりあえず、彼を意識の外に追いやって、洞窟の暗い天井を見た。

　近くで炎のはぜる音がしていた。その洞窟の炉が、自分の命をつないだのだろうとアルテシアは思った。

　彼岸と此岸の間から戻ったのだ。

「長い、夢を」

　長い長い夢を見た、と囁こうとして、自分から否定した。

「夢ではなかった。あれは」

　生々しいほどの、現実であり、記憶であり、想いだった。

　戦の中で生きた女の、出会いと、別れと。……憎愛のすべてを、アルテシアは暗黒の中でただった。

『ほんとう』を教えてあげる、と魔女は言った。

　それが彼女の魔法だったのだろうと、アルテシアは思った。

　確かに、アルテシアが見たものは、『ほんとう』と呼ぶに足るものだった。

「魔女は嘘をつかないよ」

そして魔女は全知の笑みを浮かべていた。

トーチカに乾いた服を着させ、外で待つように命じると、アルテシアもまた魔女から渡された自分の服と鎧を身につけた。

服よりも先に、手を伸ばすのは剣だった。

「……変わらないね」

囁きが聞こえ、アルテシアは背を向けたまま答えた。

「変わりようがない」

魔女は確かに教えてくれた。

ロージアという女のことを。彼女の生きた軌跡と、雪蟷螂の熱情を。今ならわかる、彼女が剣を握り、あれほど厳しくアルテシアにあたったわけを。

愛情はあったのだろう。彼女は兄を愛していたし、アルテシアをきっと愛していた。

しかし、彼女の胸の内はいつも、狂わんばかりに灼け続けていた。

もしかしたら、ロージアは、アルテシアになりたかったのかもしれない。あるはずのないその道を、アルテシアを見るたびに思い出したのだろうか。

(地獄のようだ)

また同時に思う。それが恋なのだ。

地獄のような、楽園のような。まさに彼女の生涯をかけた恋なのだと、アルテシアにはもうわかっていた。

そして魔女の思惑の通りに、アルテシアは確かに気づいていた。アルテシアに欠けていたもの。自分はここに来るべきではなかった、とアルテシアは自分の非を認めた。

なにがあっても、ミルデに、ミルデのオウガのもとにとどまるべきだった。彼と話し合い、対立したとしても、ともに未来を見つけねばならなかった。

『ミルデ族長と婚礼を』

アテージオはかつてアルテシアにそう言った。

そしてアルテシアは、婚礼を戦であるとした。

もしも、愛せと、言われていたら。

ミルデのオウガを心から愛せと言われていたら。なにかが変わっただろうかと、アルテシアは自分の胸のうちに問い、また重ねるように、これから自分達は変わるだろうかと自問した。

変わるものはある。

けれど自分は変わりようがない、とアルテシアは結論づけた。

「……感謝する。我らが盟約の魔女」

髪をふるい、仮面を持って。アルテシアは魔女へと礼を言った。

「私は叔母上に会わなくてはいけない。そしてミルデに戻らねばならない」

戻ったのち、一体なにが待っているのか。わからなかったが、アルテシアの心は決まっていた。
「私は欠けている、と、貴方は言った。……確かに、私は欠けた女だった」
アルテシアは最後に魔女を見下ろして、静かに笑った。感情を表に出すことのない彼女の中で、なにかが変わり、その変化が、微笑みをつくらせたのだった。
「けれど、訂正を願いたい。貴方が思い出させてくれた」
笑うことのない雪蟷螂の族長のぎこちない笑みは、ルイとは似ても似つかなかったが、白い花が静かにほころぶようだった。
「たった一度だけだが……私も、確かに、この心を灼いたことはある」
それを思い出したと、アルテシアは囁いた。
自分でも意外だった。けれど、思い返してみれば、あれは恋だったのだろうと、アルテシアはしみじみと自分の心に頷いた。
アテージオと自分の未来だった。アルテシアはかの父から将来を言い渡された。それはフェルビエの族長となり、ミルデに嫁ぐという自分の未来だった。彼女はひとり雪原に立つことを余儀なくされた。
生き方と死に場所を定められ、病にやつれた父親は、彼女に族長としての厳しさを教えた。

片腕を失った叔母は、自分の剣技を受け継がせようとした。そのどちらもが幼い小女には重く苛烈なものであり、しかし逃れようのないものだった。子供の心に運命を感じた。こうして生まれてきた宿命を、死んでいく心と、凍りつく生冬の冷たさと、春の美しさだけがアルテシアの心をなぐさめる唯一だった。忘れもしない。冬の日だった。

もうひとりでは動けない父と乗った雪馬車から遠く見えた、獣かと思った固まりが、地に倒れた瞬間に、ああそれは人間だ、人間の子供だと、アルテシアは強く感じた。馬車を止めさせ、気付けの酒を持ち、そこへ走った。

アルテシアは戦の最中に生まれた子供だ。死の間際にある人間も、死した人間も、見たことはある。けれど、そこにいたのは、もっと切実ななにかだった。

アルテシアはまだ小さな子供で、そしてそこに倒れていた人間も、アルテシアと同じく子供だった。

立て、とアルテシアは叫んでいた。立って歩け、そして生きろと叫んでいた。死にゆく父にさえ、死なないでくれと願ったことはなかった。助けねばならないと思った。馬車を呼び、父に頼み、屋敷に連れて行けば、もっと簡単だったのかもしれない。けれどアルテシアはそうしようとは思わなか

少年はもう楽になりたいと言った。
その白い髪とは不釣り合いな黒い瞳に浮かぶ絶望が、アルテシアの胸をえぐった。
生まれてはじめて思った。——これは自分の民だと。
少年の傷は。その血は。なにより絶望は、長く続いた戦の象徴であり、もしも彼がこのまま死ねば、自分が殺したも同然だと、アルテシアは思った。
生きろと命じた。そして同時に、自身も生きねばならないと思った。
自分の生が人を生かすのだと知った瞬間だった。
口づけは一度。
血の味だけがあざやかだった。

忘れるな、と言った。
私は忘れない。名前の代わりに、この口づけを。
こんな想いは生涯で一度きりだとアルテシアは思った。生涯で一度きりのなんだったのか、幼い彼女にはわからず、そして成長を遂げても知ることが出来なかったが、
ようやくわかった。
白い嵐。山脈の風。その中で吹き荒れた、一瞬ではあったけれど。
——生涯で、一度きりの恋だったのだ。

それから彼女は迷いを捨てた。覚悟が出来た。彼女は剣をたずさえ、そしてまことの意味で半身のような侍女も得た。

生き残ったかどうかさえわからないが、一族の前に立つ時には自然と視線だけであの時の少年を捜した。あの絶望のにじむ特異な色彩を。

自分は彼をわからないかもしれない。けれど彼は必ず、自分がわかるはずだと思っていた。

真剣に捜索したわけではない。

信じるだけで生きていける。確かに私も生きてきたのだと、アルテシアは今確信した。アルテシアの微笑みを、魔女はずいぶん長い間眺めていた。そこに浮かぶ、未来さえも読み取るかのように。

「蟷螂の子は」

呟きを、アルテシアは継いだ。

「蟷螂だよ。……盟約の魔女」

そのまま静かに謝意を述べた。感謝であったし、また謝罪でもあった。

ふっと魔女は笑った。

「見届けることにするよ、魔女に出来ることは、それだけだよ」

深く腰を折り、洞窟を出ると、入り口にトーチカが立ちすくんでいた。

直立し、微動だにせず、唇を強めに横に引いていた。さきほどは泣き顔だったために気づか

なかったが、変色した肌の頬が腫れているようだった。
「それは、どうした」
　頬を指してアルテシアが言うと、トーチカはそのまま難しい顔で、「魔女に」とぼそりと呟いた。
「なぜ、お前が？」
　アルテシアが眉を上げる。
「それは」
　開いた唇を迷わすように震わせて、トーチカは続けた。
「……アルテシア様の、呼吸が」
　止まっていたので。
　アルテシアはまばたきをした。仮死という言葉が頭をかすめた。魔女はそう言っていた。自分の魔術のために、アルテシアを仮死状態にしたということか。呼吸の止まったアルテシア。それがなぜトーチカが殴られることにつながるのか。
「馬鹿だな」
　素直にアルテシアがそう言った。
「魔女に殴りかかったのか」
　そうしてやり返されたのだろう。魔女は痛めつけられた様子はなかった。

「死ぬぞ」

呆れて思わず言っていた。僕は、アルテシア様が

トーチカの震える言葉はそこで止まってしまった。アルテシアは静かにため息をつき、「死ぬわけにはいかないよ」と呟いた。

「あたりまえです‼」

トーチカが裏返った声で叫び、その勢いのまま続けた。

「僕以外に命を取られることは——っ」

はっとトーチカがなにかに気づき、自分の口元を覆った。息さえ忘れるほどの失言だったようだ。アルテシアは今度こそあっけにとられて見つめた。

「……トーチカ。お前、私の首を狙っているのか」

思わず尋ねずにはおれなかった。衝撃を受けこそすれ、それは相手に命を狙われていたからという類のものではなかった。

いかなる時もアルテシアの剣は自分の身体で受けると言い、鍛錬の相手さえしたことはないというのに。

トーチカは万死を覚悟したような様子で、歯をきしませ、絞り出すようにかすれた声をあげた。

「……僕以外に、命を、取られることはあってはなりませんし、……僕は、命を取りません。

……だから、アルテシア様は」

生きて、いなくてはいけない、とトーチカは暴論を振りかざした。

アルテシアはその言葉に呆れ、驚き、そして、ゆっくりと微笑んだ。

凍った灰色の髪の奥で、トーチカが息を呑む。

アルテシアはあざやかに笑むと、歩き出しながら低く言った。

「その言葉。体現出来るものなら、やってみろ」

遠い記憶をたどるように。

いつかの言葉を、なぞるように。

「……相応の男にしか、この命はやれない」

そして背を向けたアルテシアには、トーチカが一体どのような顔をしていたかはわからなかったが。

「行くぞ。迂回路を通る」

アルテシアは歩き出す。自分が進むべき道へと。

背後を守るものがいることを、疑いもしないで。

第七章　宝城の弔い

フェルビエの集落より、前族長の妹君である、ロージアの失踪という知らせをルイが受け取ったのは、奇しくも彼女が真実に気づいた次の日の朝だった。

呆然とルイは、オウガを振り返る。

「陛下は、生きています」

やはり根拠のない確信だった。

けれどオウガもまた、その言葉に反論はしなかった。

「お前は……」

オウガの指がルイに伸びた。その表情は、憎しみにも憤りにも歪んではいなかった。腫れた頬で、乱れた髪を、腫れた頬をなでるように、ささくれ立った指を伸ばして。

「あの女に、一体どんな恩があるというのだ」

理解が出来ないというように眉根を寄せて言うから、ルイは笑ってしまった。腫れた頬で、うまく笑えた自信はなかったけれど。

「貧しい家の子供であったら、納得出来ましたか？」

「少なくとも、命を救われたとでもいうなら少しは頷ける」

オウガの言葉をルイはやはり不自由な仕草でそれでも笑った。涙がおさまるのと時を同じくして、言葉と声は、いつの間にか彼女に戻ってきていた。

「恩義を果たす？　殿方の思考ね」

「違うと？」

オウガの問いかけは低かったが、これまでのように、牙をむくものではなかった。覗き込むようにルイを見ていた。

そんな彼に、ルイはより力をこめて微笑んだ。

「本当のことを申します。忠義も恩義も、感じてはいないのです。無力な私は、剣を持って陛下を守ることは出来ませんが、陛下の代わりに死ぬことが出来ます」

ルイの極限の望みは、もっと別の形であったが。

それは決して口に出来るものではなかった。

「これは愛ではなく恋に似たもの」

そしてもっとも近しい言葉で言うのなら。

「——私は、アルテシア女王陛下を信仰しております」

はじめて出会った日のことを覚えている。きっと自分は、一生忘れることはない。自分によく似た背丈。自分によく似た頬の線。自分によく似た髪の色。

その目に浮かぶ、気品と絶望について。

（私は一生忘れない）

オウガはルイの言葉を、まぶたを下ろして受け止めた。ルイから手を離し、「だから女は怖い」

と、宙を見上げて独りごちた。
　誰よりも強いであろう彼が自分を「怖い」と呟くことがおかしくて、ルイは笑った。それが真実の言葉であるとわかっていたから、ルイは笑った。彼女が涙を見せたように、彼は自分の怯えを晒してくれたのかもしれなかった。
「さあ……どう出る、雪の蟷螂」
　遠く吹雪の野を望み、オウガはそう呟いた。
　貴方はどんなつもりなのかと、ルイはもうオウガに尋ねるつもりはなかった。
　彼は待っている。
　ルイと同じく、たったひとりの氷の美女と。
　彼女の示す、答えを待っている。

　フェルビエの集落は不穏に騒いでいた。惑う人々が口にするのは、族長不在の郷を任されていたはずの、ロージアの失踪だった。聞けば、トーチカが彼女を訪ねた、その日忽然と部屋から姿を消したのだという。
「まさか……食事も取れない身体で……」

そう呟いて、トーチカは絶句した。

ロージアを捜すフェルビエの人間達は、彼女の無事を祈りながらもその顔に諦めをにじませていた。「仕方がないのかもしれない」と物陰の隅で囁くフェルビエがいる。

「ロージア様は、老い衰えて死ぬことを、ご自分には許されないだろう……」

フェルビエの人間は彼女の心までは知らない。しかし、彼女の生き方を知っている。

婚礼までもう日がなかった。山脈は険しく、人の足には広大である。

けれどアルテシアは馬車を引いた。

「構わない。行こう」

「どちらへ……」と驚いたようにトーチカが尋ねる。アルテシアはその問いに答えず、「ついて来い」と簡潔に指示した。

こくりとトーチカは喉を鳴らし、従順に従った。

アルテシアには確信があった。魔女の手により、アルテシアはロージアの思考をたどった。

だからわかるはずだと、アルテシアは思った。

（死に場所がある人間は、幸福だ）

それは生きた場所を得たということだ。だから山脈の民はこの山を捨てられない。ここは、死に場所となる思いに足る場所だ。

（もしも、私が叔母上なら）

第七章　宝城の弔い

　死に場所を選べるとすれば。
　——彼女は、本来ならあの場所で果てたかったはずだ。
　トーチカとともに向かったのは、ミルデとフェルビエの集落の境、関所よりもまだ奥。
　氷をまとう木々と、切り立った崖。
　そして今は白き、宝城のあとかた。
　ロージアとガルヤが、はじめて剣を交えたその場所。
　かつてここには国があり、人が暮らし、争い、愛し合い、生きて、死んだ。
　ひきよせられるようにそこに立ち、アルテシアとトーチカは、彼女との邂逅を果たした。
　凍りつく足下を強く踏みしめ、時折白い風が舞うその地で。
　まるで夢のような情景だとアルテシアは思った。
　今は止んだ真白い雪を、洗い立ての真白いシーツのようにして。

　彼女はそこに眠っていた。
　それは永遠に、目覚めることのない眠り、完全な安らぎだった。年齢の倍も生きたかのような老いた肌が、彼女の生の濃度を教えている。戦に生きた、最後の雪蟷螂。彼女は自らの手によって、その戦に終止符を打つ。自分の首を自ら落とすかのような激情で。
　白い絶望だけが、彼女の——二人の死を祝福した。

（叔母上は狂っていたのだろうか）

その片腕に抱かれるのは、愛した男の首。ロージアの顔はやつれ、見る影もないほど衰えていたが。

彼女は確かに笑っていた。

美しく、満足げに、まるでそれが死であることを忘れてしまうかのように。

彼女は笑っていた。

「……いかが、なさいますか」

傍らでトーチカが尋ねる。おいそれと動くことの出来ない、触ることの出来ない神聖さだった。

彼女は狂ってしまったのかもしれない、とアルテシアは思った。

しかし、たとえ狂うほどの恋を、なしとげた人間を。幸福という以外、なんと呼べばいいのか、アルテシアには思いつかなかった。

「このまま」

このままで、とアルテシアは囁いた。それはトーチカに対する答えであると同時に、祈りのような言葉だった。

どうか二人は、永遠にこのままで。

いつか雪が降り積もり、彼女たちを白く覆うだろう。そして春となれば二人の身体は雪とと

もに溶け、山脈の大地となり、その魂は死の山をのぼる。

それでいいのだと、アルテシアは思った。

トーチカが頷き、それからずいぶん長い間、二人はそこに、佇んでいた。

第八章　絶冬の花嫁

婚礼の日が近づいている。にわかにミルデ集落全体が活気づき、族長の館の周辺も騒がしくなっていた。

ロージア失踪の報せはフェルビエに少なからず暗い影を落としたが、ルイは早々に捜索の打ち止めを命じた。アルテシアの名において。フェルビエの人間にも、ミルデの人間にも、見つけさせるわけにはいかなかった。

オウガもまた沈黙を守った。

（手に負えないひねくれものだわ）

彼のことを思い、心の中でルイはなじった。

なにが戦か。なにが憎しみか。

それらは建前であり、ばかばかしいような男の面子というやつであり、彼は結局、アルテシアの誠意をはかっていただけではないかとルイは思った。

ガルヤの現状を発見した時、オウガをロージアを思い浮かべなかったはずがないのだ。最大の好機はその時にもうあった。しかしガルヤはそれを選択しなかった。犯人は他にいなかった。本当に戦を起こしたいのなら、攻め入って来ればよかったのだ。側近に止められることが嫌だったのかもしれない。婚礼の日を待つ必要はなく、攻め入って来ればよかったのだ。側近に止められることが嫌だったのかもしれない。

しかしルイは知っている。男の面子は時に黄金よりも重い。

ルイはひたすら部屋にこもり、アルテシアの帰還を祈った。たとえ、ガルヤの首が戻らなく

とも構わないと思った。
(対話は出来る)
　自分が間に入り、決して戦にはさせないとルイは心に決めていた。だから今は、アルテシアの無事だけを祈っていた。
　婚礼までもう日がなかった。ルイは不安を打ち消すように、出来ることを行動に移した。
　まず行ったことは自分の髪を切ること。
　乱暴な仕草で、アルテシアと同じように長い髪を断った。
　銀糸のような髪が絨毯に落ち、次にルイはアルテシアの荷の中から婚礼の衣装を取り出した。鏡の前に立ち、ため息をつく。
(このドレスにこの髪じゃあ……)
　やはり用意していた取り合わせは使えそうもなかった。今からドレスの発注は出来ない。手を加えるならば髪飾りか。
　なんとか手持ちのもので見合うものはないかとミルデの侍女にも頼むと、年老いた侍女頭が、震える手でひとつの包みを置いていった。
　開いて見れば、それは、古いドレスと揃いの花嫁のヴェールだった。そのつくりは古いながらも相当手の込んだ高価なもので、老いた侍女は何も言わなかったが、すぐに出所は知れた。
　オウガや他の誰かに聞くまでもなく、

第八章　絶冬の花嫁

……これは、きっと。先代の婚礼で使われていたものなのだろう。

その証拠に、ドレスは少しルイの身体には余った。しかしこのくらいは一晩で詰められるだろうとルイは算段した。

鏡に映った自分の姿は、ミルデの屋敷の色調に溶け込むようによく似合った。

その調和は、ルイがドレスを決める上ではかることの出来なかったものだ。

（でも）

このドレスはアルテシアには似合わない、とルイは思う。

ため息を浮かべながらそれでも、腕がヴェールに伸び、それをつかんだ時だった。

突然、扉の叩かれる音。

「誰だ」

素早く声をつくると、ルイが誰何する。

「……お迎えに」

囁かれたその言葉に、ルイははっと顔色を変え、扉へ走り寄った。

「トーチカ……！」

そこにいたのは間違いなく、待ち望んだ姿。

トーチカはずいぶん旅に疲れた姿をしていたが、水分の少ない白い髪を分けて薄く笑むように落ち着いた顔をしていた。

「トーチカ、陛下は……！」

それだけがルイの気がかりだった。トーチカが口を開く前に、廊下の奥からあらわれる気配。

「貴様――」

鋭い視線で立ち尽くすオウガに、トーチカは顔を上げて。

「ただいま戻りました」

背を丸めることはせずに報告をした。その手に大きな荷はない。

ルイやオウガが口を開く前に、言い放つ。

「……アルテシア陛下からお話があります。ミルデ族長殿、……神の間においで頂きたい」

トーチカの言葉は低く、静かで深みがあった、ルイはまるで聞いたことのない男の声のようだと思った。

「陛下殿は、どうした」

さぐるようなオウガの言葉。トーチカは簡素な呟きで答えた。

「すべては、地下で」

交渉でさえない、提示だった。オウガは不愉快そうにトーチカを睨みつけてから、ついでのようにルイを横目で見た。

「……お前もそれは、なんの真似だ」

それ、がドレスを指すのか、切ったばかりの髪のことを指すのかわからなかったが、ルイの

答えはどちらとしても同じだった。

「婚礼ですので」

決意のようにそう言えば、オウガは答えることなく視線を逸らした。冷たい地下に降り、オウガが鍵を開く。その独特のにおいとともに、静かに扉が開いた。

灯りを持ったオウガの顔が不可思議さに歪む。彼の持つ灯りとは別に、内側から光源があった。

「——？」

「……しばらくぶりだ」

低い声。首のないガルヤの前に佇むのは、真のフェルビエ。

「陛下……！」

ルイがはじけるように走り出した。

「陛下、ご無事で……！」

アルテシアもまたトーチカと同じく、旅に疲れた姿をしていたが、その気高さはくすんではいなかった。ルイの視界が、安堵ににじむ。

アルテシアはそんなルイに視線をやると、「長い間留守にした」と囁き、小さく微笑んだ。

その微笑みに、ルイは大きく目を開き、驚嘆する。

ルイとアルテシアは長い間ともにあったというのに、対して離れていた時間は微々たるもの

であるのに、アルテシアの表情は、ルイが見たことのないもののような気がした。
「……害虫はしぶとい」
オウガがかすれた声を上げる。いつの間にかトーチカもアルテシアの傍らにあり、オウガはひとり、神の間の入り口で立っていた。
「なぜ、入った」
アルテシアから目を逸らし、不快さをにじませてオウガが問う。それを、アルテシアは扉の内側にいた——。
「無礼を働いたというならすまない。人目のないようにとりはからいたかった」
「俺が聞きたいのはそんなことじゃない」
アルテシアの言葉に、オウガが吐き捨てるように言う。
「方法を問うた」
「わかっているのに?」
小さく首を傾げ、アルテシアが言った。そして彼女は静かに、銀の鎖をかざす。その先に下がった、小さな鍵を。
オウガの視線は強く、万感を込められ、その鍵にそそがれる。
「このたびの一件、下手人はフェルビエ」
書面でも読み上げるかのように、アルテシアが淡々と言う。

第八章 絶冬の花嫁

「フェルビエより……我が叔母、ロージアの手によるもの」

オウガは答えない。

やはりアルテシアはその真実に行き着いたのかと、ルイはアルテシアにすがろうように傍へ寄った。

「アルテシア様、それは……」

言葉は皆までつなげなかった。

「しかし、彼女の行為は、先の族長、ガルヤの本懐だ」

しゃらん、とアルテシアはその鎖をたぐり寄せ、傍らの永遠生、ガルヤの胸元に抱かれた、片腕の指に絡ませた。

あるべき場所へ返すように。

彼女がこの鍵を持っていた。否、託されていた。……それこそが答えだ」

オウガは答えなかった。ただ射殺さんばかりに強い視線のまま。

「首は」

と低く問うた。

アルテシアはまぶたをおろした。

「山脈が二人を弔う」

それがアルテシアの答えだった。ルイはその言葉に、すべてを悟った。

——ああ、精算はもう、済んでいたのだと。
しかしオウガの表情は凍っている。まずい、とルイは思った。彼の静かな激高を感じ取っていた。
辺りの冷たい空気に、緊張の線が一本走る。
「……それで、済まされると思っているのか。対話を、とルイは言おうとした。
オウガと、アルテシアに対して。一晩でもいい、対話を。さすればわかりあえるはずだと思っていた。
彼の声は低く冷たかった。俺とお前が、幸福な婚礼を迎えられると？」
しかしルイが言葉を発するよりも先に、アルテシアが頷いていた。
「ああ。その話だ」
アルテシアの声は低く、どこまでも静かで。
「あれから、私もずいぶんと考えたよ。ずいぶんと考えたのだが……私はやはり、蛮族のようだ」
さぁっと、耳の奥を糸が高速ですり抜けるような、音。
それが、刀を抜いた音だということに、ルイは時間差で気づいた。
大きさの違う曲刀を二本。美しい構えで、アルテシアは、信じられない言葉を、口にした。
「——剣を取れ、ミルデのオウガ」

「戦の時間だ」

他愛のない遊びに誘うような、変わりのない口調で。

悲鳴のようにアルテシアの名を呼んだのは、ルイの声だった。ルイはそれまで、驚いた顔を見せていなかった。ルイとオウガの間に、なんらかのやりとりがあり、そしてルイもまた真実を知っていたのだろうとアルテシアは思った。

その上で、ルイはアルテシアの行動が理解できないのか、アルテシアにすがりつこうとした。止めたのはトーチカだった。ルイの腕をつかむと、冷たい石室に悲鳴のようなルイの声がこだまする。

「どういうことです、陛下、陛下!!」

追求をその声に任せ、オウガは黙したままアルテシアを睨んでいた。けれどその視線は強く説明を求めている。

「私はフェルビエだ」

とアルテシアは言葉を落とした。ルイも黙り込む。

「フェルビエの女は、やはり、愛しもしない男と婚礼を上げるべきではないように思う」

アルテシアはフェルビエだ。その中でも、死してなお愛する男と添い遂げる激情を持った、生え抜きの血族だ。

 自分のあげる婚礼が、愛のないものであれば、ロージアが浮かばれない、とアルテシアは言った。

「……今更、なにを」

 引きつるようにオウガが笑った。気でも狂ったのか、と言うように。

「戦を、したいのなら、なぜフェルビエを連れて攻め入ってこなかった」

「必要がなかった」

 アルテシアの答えは短い。

「私と、貴君の戦だ」

「……なんのために」

 頭領戦からはじめるつもりかとオウガが問う。

 いいや、とアルテシアはまぶたをおろし、首を振った。

「剣をあわせることでしかわからないほんとうのことを知るためだ。相手を喰らいたいほどの激情は、生涯唯一のものだと私は思う」

 そして、その唯一は、もはや自分の胸にあったが。

「その唯一を貴君に塗り替えられるすべがあるなら、このやり方しか、私は知らない」

「剣を取れ」と再びアルテシアは言った。

オウガの腰には今も剣が下がっていた。

対等であるとアルテシアは言った。

「貴君も戦を望んだのだろう。受けて立つ、と私は言っている。互いに金属の鎧はない。今、ここで、貴君の思いも晴らすがいい」

オウガはしばらく厳しい表情のまま、唇を引き沈黙を守っていたが、やがてゆっくりと唇を曲げた。

「……蛮族は、骨の髄まで阿呆だな」

浮かぶのは笑み。どこか疲れたような、それでいてたまらない、というような。

「なぜ長年お前らのような阿呆を滅ぼせなかったのか、理由が知りたいものだ」

「すぐにわかる」

と、アルテシアが曲刀を構え、囁いた。

「……すべてのフェルビエとミルデのために」

武運を、と。

ロージアの声が聞こえた気がした。

「離しなさい、離して……！」

トーチカにおさえられたルイは、身もだえながら逃れようとするが、トーチカの短い指は食い込むほどの痛みで、彼女の自由を奪った。

「陛下、陛下どうして……！」

「静かに」

トーチカに囁かれる、その声があまりに冷静であることが、逆にルイの神経を逆なでた。

「なぜ!? こんなのはおかしいわ！」

アルテシアさえ戻ればきっとなんとかしてみせるとルイは思っていた。和解が出来るはずだし、婚礼も迎えられると。

アルテシアとともにオウガを説得する決意はルイの中でははっきりと固まっていた。

それなのに、アルテシアが、自ら剣を取るなどと。

「陛下がお決めになったことです」

石室の緊張がより増した気がした。トーチカの手にも力がこもり、腕が鬱血しそうだった。

「嘘よ……!!」

耐えきれないというようにルイがうなだれると、地を蹴る音、それとともに、フェルビエの曲刀とミルデの剣が打ち合わさる音が鼓膜を鋭く

「……っ!?」

音だけで、ルイは本能的な恐怖を感じ、身体を激しく萎縮させた。

叩いた。

はじまってしまった。

ミルデのオウガ。そしてフェルビエのアルテシア。二人の族長が、守り抜いた十年の停戦の均衡を破り、剥き出しの暴力を打ち合わせていた。

力と力の拮抗。

これは鍛錬でも試合でもないとルイは思う。ルイとて戦場を知っている。

肌が総毛立つ、これは。

——殺し合いだ。

どうして、と思う。アルテシアは平和的な解決を望んだのではなかったのか。そのために彼女はここへ、売られてきたのではなかったか。

戦の終わりのために、恋を捧げろと。

そんなの真っ平ごめんだと思ったのはルイだった。アテージオは悪魔だと言ったのはルイだ。

しかしそれも、アルテシアが身を捧げるとわかっていたからではないか。

「トーチカ……」

二人を止めて、と、ルイは傍らの彼にすがろうとした。二人の戦がはじまった時点で、トー

チカはルイの手を離していた。そうだ、もう、彼女には止められなかった。
しかしトーチカは、くすんだ色の髪の奥で、ルイの見たことの無いような鋭い視線を、二人の族長に送っていた。
彼の手には短剣。その柄に手を掛けて。
彼は、戦いを読んでいた。
(トーチカは、陛下を守る)
そうだ、彼の刃は、そのためだけのもの。だとしたら。
(陛下は、死なない……?)
けれど、と思った。
(じゃあ、オウガは)
ヴェールを握る。震えのおさまらぬ身体で、瞳で、それでもルイは顔を上げた。
あの人は——。

最初の一撃の重たさに強い既視感を感じた。アルテシアはこれまでミルデと剣を交わしたことなどなく、両手で使うミルデの剣は重い。

一体どこでとアルテシアは思い、次の一撃に喚起された。
(叔母上か)
魔女に見せられた夢の中、確かにアルテシアはロージアの身体で、ガルヤの重たい剣を受けたのだ。
やはり、親子であるとアルテシアは思う。
既視感を感じるほどの、太刀筋の近さだった。
曲刀と合わせて、短剣から力をこめても、力押しでは適いようがない。とアルテシアは早々に見切りをつけた。剣戟を流すことに神経を集中させる。長旅をこえてきたばかりのアルテシアの身体には疲労もたまっていた。有利にはなりそうもない。
視界の片隅で、ルイが崩れるように自分の顔を覆うのがわかった。
しかし意識をそそぐことは出来なかった。

「——っ」

強い一撃はフェイクだった。
足を狙われる。ミルデの剣技にフェルビエのような自由さはない。しかしその分彼らは体術に長けていた。
一瞬の隙が出来れば、自分の首は飛ぶだろうと思った。
アルテシアには死ぬ気がなかったし、オウガを殺すつもりも、彼女にはなかった。しかし、

そのどちらもを受け入れる覚悟がなければ、最初から真剣など交わせるはずがなかった。
ミルデ族長の剣技は荒く、若かった。けれどそれが通用するだけのセンスがあり、体力もあった。
こちらの戟もことごとく受けられる。
その一瞬に、彼は笑う。
アルテシアは冷たく鋭く光る瞳の裏側で、同じように笑っていた。
ああ、楽しいね。
その思いはアルテシアにこそ強かった。それゆえの蛮族である。しかし同時に、淡く落胆も感じていた。
その落胆をかき消すように、また強く打ち合わせる。
「っあ」
避けきれなかった剣の軌道が、アルテシアの肩をえぐった。
痛覚から意識を逸らす。致命傷であろうとなかろうと関係がない。
しかし深い傷だった。それゆえオウガがにやりと笑い、その感情を逃がさなかったのは、アルテシアの方。
肩をやられた方の、大振りの曲刀を握り直す。負傷した肩だったが、どうにかアルテシアの意思を行動に移した。

「⁉」

フェルビエの曲刀。その刃が、飛去来器のように回転し、ガルヤの膝に刃を尖き立てた。

咆吼。血の赤さは、薄暗い灯りの中でもう黒にしか見えなかった。

吹き出す暗黒は自分のものか、それとも相手のものか。

オウガが片膝を石畳に落とし、身体のバランスを崩した。

（もらった──‼）

──ミルデよ、覚悟。

振り上げた剣。

狙うはその首。アルテシアは声には出さず、絶叫した。

（だめ）

オウガの太刀がアルテシアの肩をえぐった瞬間、トーチカは剣を抜いた。

ルイは心の中でアルテシアを呼び、トーチカを呼び、オウガを呼んだ。駄目だ、と思った。果たして一番強い思いは誰へのものであったのか、彼女にも判別がつかなかった。

ただ、凍りついた視界の中で、アルテシアに致命的な一撃を与えたはずのオウガが崩れるの

を見た。

振り上げられる、アルテシアの刃。

(だめ——!!)

ルイの身体は悲鳴とともにはじけたように動き、そして。

仕留めたと思った。これで勝負があったはずだと思った。

その瞬間に飛び込んできたのは、銀の髪。闇の中からあらわれたそれは。

(私……?)

それとも、叔母上——?

幻覚の中で、アルテシアは自分の身体に短剣を突き立てた。

返り血を顔にあびる、その段にいたって。

彼女の視界と脳は、現状を知った。

「いけ……ません……陛下」

ミルデ族長オウガに側部から倒れ込むよう盾になったのは、誰でもない、アルテシアの影、ルイだった。

「ル、イ」

　手応えがあった。アルテシアは確かに人の皮と肉に剣を突き立てた。刺さりきらなかった骨の感触があったからだ。しかしきたる致命傷ではないだろうとも本能的に察していた。

「……阿呆が」

　呻くように、オウガがそう声を上げた。

　アルテシアの振り下ろした短剣の軌道は、間違いなくオウガをかばったルイの頭部に向かっていた。しかし、すんでのところで、その軌道を阻んだのは、ルイの頭を抱え、オウガの手の甲だった。

　血が吹き出てこそいたが、オウガは手の甲に刺さったアルテシアの短剣を、空いた自分の手で抜いた。

　偶然であったとしても、意図したものであったとしても、神の手を思わせるような、絶妙な采配だった。

　涙に濡れた顔で、ルイがアルテシアを見上げ、「どうか」と囁いた。

「どうか、おやめください、おやめください。私の生涯のうち、ただ一度の、お願いです。陛下」

　このようなことは、ルイは呆然と見下ろしていた。

　その表情を、アルテシアは決して泣くことはない少女だった。そしてルイは嘘の涙を自在に流せるかわり

しかし彼女は涙を落としながら、その背に、ミルデ族長オウガをかばった。
「大丈夫です、大丈夫」
　震える声で、必死に彼女が囁くのは、そんな言葉。アルテシアに対し、「大丈夫です」と何度もルイは言った。
「大丈夫、愛することは出来ます。陛下も、この方を愛せます」
　許したいと言ったミルデの少女がいた。
　そして、許されたいと、彼女は言った。
　それが出来ると、ルイは思った。
「……オウガは、誠実なひとです。陛下に、教えてくれる」
　永遠を、教えてくれる。
　そうわごとのように泣きながら繰り返すルイを呆然と見下ろし、「……違うんだ」とアルテシアは呟いていた。
「違うんだ。すまない、ルイ」
　アルテシアはまぶたをおとし、天を仰ぐように、小さくあえいだ。
「……私の恋は、生涯で一度きりだった。だから、……出来ない。真実の意味で、オウガとの婚礼は、出来ないんだ」

アルテシアはロージアではなかった。落胆が彼女に真実を教えていた。それは、当たり前のことだった。

「ルイ」

そのままアルテシアはあごを落とし、うなだれた。

「……私の、願いを叶えて、くれないか」

呆然と見上げる、ルイに。

アルテシアは、震える声で、囁いた。

「……お前の、人生を——私に、欲しい」

剣を交わせばなにかが変わるかと思った。

しかしなにも変わらなかった。

恋、という言葉を。

アルテシアの口から、聞くことになるとは。

ルイはついぞ、想像したことさえなかった。

彼女の胸を灼くなにかがあるのだろうということは、常に傍らにいたルイはほんの時折感じていた。感じてこそいたが、その心を、彼女は二度と表に出すことはなく、きっし黄泉の国ま

で持って行くのだろうと思っていた。
婚礼と寝所が戦であった彼女に、その言葉は禁忌なのだと思った。
そしてそのことに、いつもルイは、人知れず泣いた。
替わって差し上げられたら、と思ったことは何度あっただろう。自分こそが、アルテシアになれたなら。
すべての身代わりも、すべての彼女の感情の追尾も、そのためであったのなら。
あまりに出過ぎた願いで、神に祈ることさえはばかられたけれど。
今、アルテシアは呟いた。
ルイの人生が欲しいと。
彼女はルイのすべてを奪っていくのだと思った。まずルイから生まれを奪い、名前を奪い、時間も、そして、……その人生までも。
涙があふれ、頬をとめどなく流れた。

「陛下」

私の、たったひとりの、女王陛下。

「……よろこんで」

ルイの返答は、歓喜にあふれていた。

──そう、私は、ずっと、そうなりたかった。

第八章 絶冬の花嫁

それより数日後のことである。

ミルデとフェルビエ。両族による、山脈の民族すべてを巻き込む盛大な婚礼が開かれた。筋書き通りにならなかった部分も勿論ある。長くこの婚礼にあたり大使を務めたフェルビエのロージア、その彼女が婚礼を待たず病により死したということは、フェルビエ達の心に落胆をもたらした。

その感情を汲んだのか、披露されるはずだった先代ガルヤの永遠生は、婚礼の筋書きからは外された。

死した者より生きた者の婚礼に。

両族の民の前にあらわれた花嫁の姿に、ミルデの年配者達は揃って感嘆した。彼女の身を飾るのは、今は亡き、ガルヤの母親の婚礼衣装と全く同じものだった。

そしてフェルビエの民は、自分達の族長のまとう、いつもとは全く違う空気に目を奪われた。

これまで、フェルビエのアルテシアとは、冷たさと強さ、美貌を象徴とした、まるで神話の女神のような人物だった。

しかしミルデのオウガの隣で佇む彼女は、ひとりの少女であり、そして女であり、まさに幸

福を約束された、花嫁そのものだった。

フェルビエの民は彼女を見るにつけ、恋が彼女を変えたのだろうとまことしやかに噂をした。あれくらい変わるものだと訳知り顔で。なにしろフェルビエの女は、この山脈で、誰より深い愛情を持っているから。

傍らに立つオウガは、このような時にまでつける手足の防具が無骨であったが、それでも、隣に立つ花嫁の美しさから、心よりの拍手を受けた。

禍根はある。また、抵抗も反感もある。

しかし、これはまごうことなき戦の終わり。

自分ではない誰かと、そして自分自身の幸福を祈る、祝福の日だ。

婚礼の鐘が鳴り、誓いの口づけの段に至って。

唇を離したミルデの族長は、苦々しげに顔を歪めて、口元をぬぐった。

その唇に浮かんだ、赤い血のあとを、ミルデとフェルビエは見逃すことはない。

フェルビエ族長は笑っている。美しき女族長は笑っている。花婿の唇を嚙み切る剛胆さで、すべてのフェルビエに、すべてのミルデに伝えたのだ。

——あなたを、喰べてしまいたいほどに、愛している。

雪蜉蝣とさえ呼ばれる、フェルビエの女は激情を持って男を愛す。

辺りは厳しい山脈の冬。

しかしその厳しさこそが山脈の豊かさであるというように、天より舞う氷雪までもが花嫁のヴェールに降り、婚礼を彩った。

まさに、実に美しき、絶冬の花嫁であった。

エピローグ 美しき春

エピローグ 美しき春

婚礼に沸くミルデの広場、その端に佇んでいたのは、フェルビエ族長の近衛兵であるトーチカと、仮面をつけた、ひとりのフェルビエの戦士だった。
道行く人が時折トーチカを見つけては声を掛けたが、トーチカは自分はお役ご免だと答えてまわった。

アルテシア陛下にはもう他に近衛はいらないでしょう、と。
彼女を守る人間はもう他にいる。
トーチカは真実族長達を離れたわけではなく、数ある側近のひとりにおさまった。そして新しい側近としておさまった仮面の戦士は、どちらがどちらから離れないのかはわからないが、絶えずトーチカとともにあった。
盛大な婚礼の祝いを抜け出し、二人は雪馬車を駆けて、雪原へと出た。
鐘の音はここまで聞こえるが、辺りに人の気配はない。

「……美しいな」
仮面を外し、戦士は言った。そこにあらわれた顔は、先ほどの花嫁とうり二つ。
名をアルテシア。しかしその名で呼ぶ者は、きっとこれから先に誰もいないこしだろう。
晴れた空から細やかな雪氷が舞い散っている。天使の羽が凍って割れたらきっとこんな姿であろうと、叙情的な感想をアルテシアは抱いた。

「——よろしかったのですか」

トーチカが、その横顔に、小さく囁いた。

アルテシアは小さく笑い、「私も、私なりに、蠟人形なりに生きていく覚悟はあったつもりだったんだがな」と囁いた。

それは答えになってはいなかったが、アルテシアは続けて、「お前、どうするつもりだった?」と尋ねた。

「私が、もしも、あの時ミルデ族長に殺されていたら」

「その前に族長を殺すつもりでした」

トーチカは笑うこともせず真剣に言った。言葉に躊躇いがないように、もしも実行する段になっても、決して彼は躊躇わなかったのだろうとアルテシアは思った。

けれどトーチカはそれからしばらく沈黙すると、小さな声で、付け加えた。

「もしくは……アルテシア様を殺し、そのあとを」

アルテシアはかすかに振り返り、尋ねる。

「叔母上のようにか?」

「……ガルヤ様のように、です」

そうか、とアルテシアは頷いた。

あの時のことを、アルテシアは思い返すにつけ、自分の狂気をかいま見る。もしかしたら、ルイもアルテシアもトーチカも、そのとき程度の差こそあれ、狂っていた。

また狂っていたのかもしれないし、オウガでさえ、アルテシアの胸のうち、フェルビエの激情はそれをこう言いあらわす。

「狂うことが、恋なのだ」と。祝福も葬送も導く、山脈の風だ。

冷たい風が喉をなでる。

「……僕は、長い間」

思索にふけるアルテシアの隣で、おずおずと、トーチカが囁いた。

母親が、死の間際に、なぜ僕に手をかけようとしたのか……わからなかったんです」

アルテシアが眉を上げ、トーチカを流し見た。トーチカとも短くはないつきあいだが、彼の口から『母親』などという言葉が出てきたことははじめてだった。

トーチカは慎重に、言葉を選びながら、俯きがちに言う。

「僕は、混血です」

かすれ、震えた声で。

「父は、フェルビエ。母は、ミルデ。戦の中で、一体どのように二人が出会ったのかはわかりませんが……」

トーチカは自分の目元を静かに押さえ、呟く。

「この目を潰そうとしたのは……母の最後の、優しさだったのでしょう」

彼は痙攣のある指先で、ゆっくりと静かに自分の灰色の髪を分け、半分以上黒く変色した顔

を晒した。引きつる顔の皮を引き、傷のまぶたを剥けば、あらわれる瞳の色は漆黒。それは灰色の髪とは似合わない、ミルデの一族がもたらす色だ。戦と迫害の中に生まれ、魂の誇りさえも引き裂かれそうになったことだろう。

「けれど、貴方は」

絶望の中で、トーチカが見つけたのは、一筋の、光。

「……貴方は、僕に、言った。……フェルビエであると」

トーチカの言葉は震えていた。……怯えのように。歓喜のように。

「——僕は、フェルビエ」

僕を生かしたのは貴方だ、とトーチカは言って。

「貴方こそが、欠けたることのない、たったひとりの女王陛下です」

彼はその言葉を伝えたかったのだと、アルテシアにはわかった。自ら禁を破ってまで。

アルテシアは小さく笑う。「業が深いな」と囁いて、それ以上は言葉にしなかった。

覚えている。

覚えているとも。あの出会いも、灼けた心も。

自分を生かしたとトーチカは言う。けれど、アルテシアとて、あの出会いに生かされたのだ。

そして今も、これからも、彼はアルテシアに膝をつき、たとえ名も生まれもなくしても、彼

女の誇りを生かすのだろう。
アルテシアは雪片ちらつく、天を仰いだ。この凍てつく寒さも痛むほどに美しいが、やがて来る春はこの山の空を
山脈は厳しい冬だ。
七色に変えるだろう。
溶けた雪にもう血は混じらない。
山脈の春は、もう、目前まで迫っていた。

END

あとがき　　　――光る朝と、静かな夜に――

松本清張『ゼロの焦点』の作品の冒頭に、登場人物が「北陸の冬にはいいところなどなにもない」と言う場面があります。私は小説よりも先に映画を見たのですが、「空は灰色で……」というセリフがほんとに嫌そうで、笑ったのを覚えています。

冬と雪が好きです。と言うと、よく驚かれます。私の暮らす北陸の冬は確かに、空は毎日灰色で冷たい雨が降ります。ようやく雪に変わっても、水気を多く含んだ雪は重く、数歩進むごとに傘を振って雪を落とさなければ肩がこります。朝目が覚めれば窓は結露に濡れていて、フル稼働するのは加湿器ではなく除湿器です。

それでも冬と雪が好きです。冬は特に、朝と夜がいいと思います。寒い朝は空気がきらきら光っていて、吸い込むと、肺の奥まできらきらするのがわかります。雪の夜は、特別静かです。

最近は暖冬でとても寂しいのですが、冬が好きだから、いつか冬の話が書きたいなと思っていました。雪の降る冬の、とびきり寒い話を。

実際の執筆時期は春から秋にかけてでした。終盤には、「寒さが足りない！」と言っては、北欧の写真を探して拡大印刷し、パソコンデスクの周りの壁にはりつけました。作中では、春を

小説を書く時に資料をあまり使わない方なのですが、寒い漫画を探して読んだりしました。

ご挨拶が遅れました。はじめまして、あるいは、お久しぶりです。
目指して耐えるばかりですが、冷たい冬は美しいものだなあとしみじみ思います。

今回は、私のデビュー作『ミミズクと夜の王』を一作目とする、〈人喰い物語〉の第三作目となります。『ミミズク』を書いた時には、こんなことになるとは全く思っていなかったのですが、二作目である『MAMA』を書いた時に、これは三部作になるだろう、という予感があったのです。ここまで来たのだから、最後は、人が人を喰べる話になるだろう、という予感があったのです。〈人喰い物語〉などという不穏な話を三作も書いてしまったので、時々聞かれます。「人喰いが好きなんですか？」ええ、まあ、嫌いだったら、ここまで書いてはいないのでしょう（笑）。愛情表現の一種と解釈しているのかもしれません。食べること、食べられること、それはとても原始的な「つながり」です。食べられたかった少女も、食べたかった魔物も、そうすることで誰かと、なにかとつながりたかった。そして今回は、「愛しているから貴方を喰べたい」
そんな話です。

毎回小説を書いている最中は大なり小なり悩んでいるのだけれど、今回は格別に苦しみました。書いてる最中何度も、私はどうしてこんなに苦しい話を書かねばいけないのか、と自問しました。
大変なことが起きる話を書いているから仕方がないのだけれど、書いてる最中何度も、私は

なんのために書くのか。誰のためでもなになにかのためでもなく、時に自分のためでさえなく。

それは間違いなく、はじまってしまった作品のため、です。

走りはじめてしまった列車のように、こぎ出してしまった舟のように、おしまいは幸福かもしれないし、そうではないかもしれない。がっかりするような駄作になるかもしれない。それでも、途中で終わっていいはずがないのだと思います。人々と物語がどこへ行くのか、私自身が知りたくもありました。

……これについては、大変お恥ずかしいお話なのですが、今作品、プロットに担当さんに提出する、あらすじのようなもの）の段階において、あろうことか『結末はいかに』って書いてありました。あ、ありえない……。あらすじは結末まで書く、というのは、小説投稿の基本中の基本です。本当に、よく書かせてもらえたなと自分でも思います……。

その分、執筆時に苦労したわけですが、もがくように苦しんで、その向こうに書いたものを見たくもありました。今筆を置いて、ようやく息をついています。

もう駄目だ！ と思うたび、いろんな方のお世話になりました。特に、先輩、後輩、同輩の作家さんには、へこたれるたびに声を掛けていただき、何度も救われました。

毎度のこととなってしまいましたが、刊行までに長い時間がかかり、担当さんにも根気強くつきあって頂きました。いつまでも手がかかって……。本当にありがとうございます。

今回、イラストは第十五回電撃イラスト大賞にて、『ミミズクと夜の王』を題材にして頂き、

見事金賞を受賞された岩城さんにお願いする運びとなりました。新しくこの世界に入ってくる方が、私の小説を読んでいるということ。新鮮な驚きとともに、とても嬉しいです。

はじめて今回のイラストのファイルを開くとき、とても緊張いたしました。私の中でさえおぼろげなイメージが、きちんと伝わるほど書けていたのかどうか。けれど結果は、皆さんのご覧になった通り。この物語を何倍も何十倍も、味わい深く、鮮やかに描ききって頂きました。

大げさに聞こえてしまいますが、この話を書いてよかったと、絵を見てはじめて思いました。

気がつけばデビューして丸々二年。亀のごとき歩みで、いつまでたっても新人から抜け出せません。気持ちの面も、冊数の面も、情けないばかりですが、それでもこうして新しい物語をお届け出来るのは、受けとって下さる方がいるからです。感謝の気持ちを小説を書くことでしかあらわせないのは時に歯がゆくもありますが、より大切に、より懸命に、がんばっていきたいと思います。またしばらくお待たせするかもしれませんが、皆さんよろしければ、是非またお目に掛かりたいです。

このあとがきを書いている今、冬はもう、そこまで来ています。

私の好きな、季節です。

紅玉いづき

● 紅玉いづき著作リスト

「ミミズクと夜の王」(電撃文庫)
「MAMA」(同)

本書に対するご意見、ご感想をお寄せください。

■

あて先

〒160-8326 東京都新宿区西新宿4-34-7
アスキー・メディアワークス電撃文庫編集部
「紅玉いづき先生」係
「岩城拓郎先生」係

■

電撃文庫

雪蟷螂(ゆきかまきり)

紅玉いづき(こうぎょく)

発行　二〇〇九年二月十日　初版発行

発行者　髙野潔

発行所　株式会社アスキー・メディアワークス
〒一六〇-八三三六　東京都新宿区西新宿四-二十四-七
電話○三-三六八六-六七三一一(編集)

発売元　株式会社角川グループパブリッシング
〒一〇二-八一七七　東京都千代田区富士見二-十三-三
電話○三-三二三八-八六〇五(営業)

印刷・製本　株式会社暁印刷

装丁者　荻窪裕司(META+MANIERA)

※本書は、法令に定めのある場合を除き、複製・複写することはできません。
※落丁・乱丁本はお取り替えいたします。購入された書店名を明記して、株式会社アスキー・メディアワークス生産管理部あてにお送りください。送料小社負担にてお取り替えいたします。但し、古書店で本書を購入されている場合はお取り替えできません。
※定価はカバーに表示してあります。

© 2009 KOUGYOKU IDUKI
Printed in Japan
ISBN978-4-04-867523-9 C0193

電撃文庫創刊に際して

　文庫は、我が国にとどまらず、世界の書籍の流れのなかで〝小さな巨人〟としての地位を築いてきた。古今東西の名著を、廉価で手に入りやすい形で提供してきたからこそ、人は文庫を自分の師として、また青春の想い出として、語りついできたのである。

　その源を、文化的にはドイツのレクラム文庫に求めるにせよ、規模の上でイギリスのペンギンブックスに求めるにせよ、いま文庫は知識人の層の多様化に従って、ますますその意義を大きくしていると言ってよい。

　文庫出版の意味するものは、激動の現代のみならず将来にわたって、大きくなることはあっても、小さくなることはないだろう。

　「電撃文庫」は、そのように多様化した対象に応え、歴史に耐えうる作品を収録するのはもちろん、新しい世紀を迎えるにあたって、既成の枠をこえる新鮮で強烈なアイ・オープナーたりたい。

　その特異さ故に、この存在は、かつて文庫がはじめて出版世界に登場したときと、同じ戸惑いを読書人に与えるかもしれない。

　しかし、〈Changing Times,Changing Publishing〉時代は変わって、出版も変わる。時を重ねるなかで、精神の糧として、心の一隅を占めるものとして、次なる文化の担い手の若者たちに確かな評価を得られると信じて、ここに「電撃文庫」を出版する。

1993年6月10日
角川歴彦

電撃文庫

タイトル	著者・イラスト	ISBN	内容	整理番号
ミミズクと夜の王	紅玉いづき イラスト／磯野宏夫	ISBN978-4-8402-3715-4	自らをミミズクと名乗る身も心も廃れた奴隷の少女と、魔を統べる夜の王の物語。切なく哀しいラブファンタジー。第13回電撃小説大賞《大賞》受賞作。	こ-10-1　1382
MAMA	紅玉いづき イラスト／カラス	ISBN978-4-8402-4159-5	ガーダルシアの人喰いの魔物と、彼のママになろうとした少女の、儚くも愛しい物語。第13回電撃小説大賞《大賞》受賞の紅玉いづきが満を持して贈る珠玉の一冊。	こ-10-2　1554
雪蟷螂	紅玉いづき イラスト／岩城拓郎	ISBN978-4-04-867523-9	涙氷の降るその山脈で雪蟷螂の女が起つ。この婚礼に永遠の祝福を――。想い人を喰らうというフェルビュ族の世代を超えた物語。極寒の地に舞う恋の行方は……。	こ-10-3　1722
アクセル・ワールド1 ―黒雪姫の帰還―	川原礫 イラスト／HIMA	ISBN978-4-04-867517-8	《黒雪姫》と呼ばれる少女との出会いが、デブでいじめられっ子の未来を変える。ウェブ上でカリスマ的人気を誇る作家が、ついに電撃大賞《大賞》受賞！	か-16-1　1716
パラララ ―Parallel lovers―	静月遠火 イラスト／越島はぐ	ISBN978-4-04-867518-5	思いを寄せていた一哉の死にうちひしがれる綾の携帯が鳴った。その電話は一哉からで「死んだのはお前なんだ」と告げられて……。珠玉の学園ノブミステリー。	し-13-1　1717

電撃文庫

狼と香辛料	狼と香辛料 II	狼と香辛料 III	狼と香辛料 IV	狼と香辛料 V
支倉凍砂 イラスト/文倉 十	支倉凍砂 イラスト/文倉 十	支倉凍砂 イラスト/文倉 十	支倉凍砂 イラスト/文倉 十	支倉凍砂 イラスト/文倉 十
ISBN4-8402-3302-0	ISBN4-8402-3451-5	ISBN4-8402-3588-0	ISBN978-4-8402-3723-9	ISBN978-4-8402-3933-2
行商人ロレンスが荷馬車の荷台で見つけたのは、自らを豊穣の神ホロと名乗る、狼の耳と尻尾を有した美しい少女だった。第12回電撃小説大賞《銀賞》受賞作!	異教徒の地への玄関口、北の教会都市で大商いを仕掛けたロレンスだったが、思いもかけぬ謀略に嵌ってしまう。賢狼ホロでも解決策は見つからず絶体絶命に!?	異教の祭りで賑わう町クメルスンを訪れたロレンスとホロ。そこで一人の若い商人アマーティと出会う。彼はホロに一目惚れし、それが大騒動の発端となった。	ホロの故郷ヨイツの情報を集めるため、田舎町テレオを訪れたロレンスとホロ。情報を知る司祭がいるはずの教会で二人が出会ったのは無愛想な少女で……!?	ホロの伝承が残る町レノス。ホロはのんびりヨイツの情報を探したがるが、ロレンスは商売への好奇心を拭えないでいた。そんな時、ロレンスに大きな儲け話が舞い込む。
は-8-1	は-8-2	は-8-3	は-8-4	は-8-5
1215	1278	1334	1390	1468

電撃文庫

狼と香辛料 VI
支倉凍砂
イラスト／文倉 十

ISBN978-4-8402-4114-4

ヨイツまで共に旅を続けることを決めたホロとロレンス。二人はエーブを追って船で川を下る。途中、ロレンスは厄介ごとに巻き込まれた少年を助けることになるのだが……？

は-8-6　1519

狼と香辛料 VII Side Colors
支倉凍砂
イラスト／文倉 十

ISBN978-4-8402-4169-4

ロレンスと出会う前のホロの旅や、港町パッツィオでの二人の買い物風景、そしてホロを看病するロレンスなど、"色"をキーワードに綴られる、珠玉の短編集。

は-8-7　1553

狼と香辛料 VIII 対立の町〈上〉
支倉凍砂
イラスト／文倉 十

ISBN978-4-04-867068-5

「狼の骨」の情報を得るため、ロレンスたちは港町ケルーベでエーブを待ち伏せる。だがそこは、貿易の中心である三角州を挟んで、北と南が対立している町だった！

は-8-8　1587

狼と香辛料 IX 対立の町〈下〉
支倉凍砂
イラスト／文倉 十

ISBN978-4-04-867210-8

伝説の海獣イッカクの横取りを狙う女商人エーブは、ローエン商業組合を挙げて自分のもとへ来るようロレンスを誘う。エーブの誘いにロレンスの出した答えは……!?

は-8-9　1644

狼と香辛料 X
支倉凍砂
イラスト／文倉 十

ISBN978-4-04-867522-2

「狼の骨」を追ってロレンスたちが次に目指すのは、海を渡ったウィンフィール王国にある、ブロンデル大修道院。そこには「黄金の羊伝説」があって……！？

は-8-10　1721

電撃文庫

灼眼のシャナ
高橋弥七郎
イラスト/いとうのいぢ
ISBN4-8402-2218-5

平凡な生活を送る高校生・悠二の許に少女は突然やってきた。炎を操る彼女は悠二を"非日常"へいざなう。「いずれ存在が"消える者"」であった悠二の運命は!?

た-14-3　0733

灼眼のシャナII
高橋弥七郎
イラスト/いとうのいぢ
ISBN4-8402-2321-1

「すでに存在亡き者」悠二は、自分の消失を知りながらも普段通り日常を過ごしていた。悠二を護る灼眼の少女・シャナはそんな彼を見て……。

た-14-4　0782

灼眼のシャナIII
高橋弥七郎
イラスト/いとうのいぢ
ISBN4-8402-2410-2

吉田一美は決意する。最強の敵に立ち向かうことを。シャナは初めて気づく。この感情の正体。息を潜め、忍び寄る"紅世の徒"。そして、坂井悠二は——。

た-14-5　0814

灼眼のシャナIV
高橋弥七郎
イラスト/いとうのいぢ
ISBN4-8402-2439-0

敵の自在法『揺りかごの園』に捕まったシャナと悠二。シャナは敵を討たんと山吹色の空へと飛翔する。悠二は、友達と学校を、吉田一美を守るため、ただ走る!!

た-14-6　0831

灼眼のシャナV
高橋弥七郎
イラスト/いとうのいぢ
ISBN4-8402-2519-2

アラストール、ヴィルヘルミナ、謎の白骨。彼らが取り巻く紅い少女こそ、「炎髪灼眼の討ち手」シャナ。彼女が生まれた秘密がついに紐解かれる——。

た-14-7　0868

電撃文庫

灼眼のシャナVI	灼眼のシャナVII	灼眼のシャナVIII	灼眼のシャナIX	灼眼のシャナX
高橋弥七郎 イラスト/いとうのいぢ	高橋弥七郎 イラスト/いとうのいぢ	高橋弥七郎 イラスト/いとうのいぢ	高橋弥七郎 イラスト/いとうのいぢ	高橋弥七郎 イラスト/いとうのいぢ
ISBN4-8402-2608-3	ISBN4-8402-2725-X	ISBN4-8402-2833-7	ISBN4-8402-2881-7	ISBN4-8402-3142-7
今までの自分には無かった、とある感情が芽生えたシャナ。今までの自分には無かった、小さな勇気を掴む吉田一美。二人の想いの裏には、一人の少年の姿が……。	坂井悠二はすでに死んでいた。真実を知ってしまった吉田一美は絶望していた。絶望して、そして悠二から逃げ出した。空には、歪んだ花火が上がっていた――。	"教授"とドミノが企てた"実験"を退けた悠二とシャナ。次に彼らを待ち受けていたのは【期末試験】という"日常"だった。シャナは女子高生に戻ろうとするが……!?	「"ミステス"を破壊するのであります」ヴィルヘルミナの冷酷な言葉に、シャナは凍りつき、そして拒絶する。悠二を巡り二人は対峙した――! 激動の第IX巻!	一つの大きな戦があった。決して人が知ることのない、"紅世の徒"と「フレイムヘイズ」の、"秘された戦い"。それは、もうひとりの『炎髪灼眼の討ち手』の物語だった。
た-14-8 0901	た-14-10 0957	た-14-11 1001	た-14-12 1050	た-14-14 1140

電撃文庫

書名	著者・イラスト	ISBN	内容	整理番号	通番
灼眼のシャナXI	高橋弥七郎 イラスト/いとうのいぢ	ISBN4-8402-3204-0	坂井悠二の許に、"日常"が帰ってきた。御崎高校には学園祭の季節が訪れ、シャナも御崎高校には学園祭の季節が訪れ、シャナも御それを楽しもうとするが、吉田一美と仲良くする悠二を見て、気持ちが不安定に……。	た-14-15	1166
灼眼のシャナXII	高橋弥七郎 イラスト/いとうのいぢ	ISBN4-8402-3304-7	日常の中の非日常、御崎高校主催の学園祭「清秋祭」を楽しむ悠二たち。そこに、何処からか風が流れてきた。"紅世の徒"の自在法を纏った、妖しい風だった……。	た-14-16	1217
灼眼のシャナXIII	高橋弥七郎 イラスト/いとうのいぢ	ISBN4-8402-3549-X	『零時迷子』を巡り、フィレスの襲撃を受けた悠二。"銀"の出現も相俟って、事態はさらなる変化を起こす。それは、あの"徒"顕現の予兆……！	た-14-18	1313
灼眼のシャナXIV	高橋弥七郎 イラスト/いとうのいぢ	ISBN978-4-8402-3719-2	クリスマスを迎えた御崎市では、二人の少女に決断の時が訪れていた。一人の少年——坂井悠二を巡る、シャナと吉田一美の決断の時が。	た-14-19	1386
灼眼のシャナXV	高橋弥七郎 イラスト/いとうのいぢ	ISBN978-4-8402-3929-5	"教授"と呼ばれる"紅世の王"が最も忌み嫌う存在……「鬼功の繰り手」サーレ。未熟なフレイムヘイズの少女を従えた彼が向かった先は、紺碧の海に囲まれた街だった。	た-14-20	1464

電撃文庫

灼眼のシャナXVI
高橋弥七郎
イラスト／いとうのいぢ

ISBN978-4-8402-4061-1

クリスマス。シャナと吉田一美は、坂井悠二をただ待ち続けた。紅世の王 "祭礼の蛇" となった悠二は「星黎殿」へと帰還、「大命」に向けて静かに動き出す……。

た-14-21　1505

灼眼のシャナXVII
高橋弥七郎
イラスト／いとうのいぢ

ISBN978-4-04-867341-9

「星黎殿」に幽閉されたシャナ。フレイムヘイズとしての力を奪われた9の彼女に抗うすべは無かった。命を狙う "徒" が、すぐそこまで迫っていたとしても……。

た-14-23　1675

灼眼のシャナXVIII
高橋弥七郎
イラスト／いとうのいぢ

ISBN978-4-04-867521-5

悠二は「大命」成就のため、「久遠の陥穽」に旅立った。ついに "紅世の徒" とフレイムヘイズは一大決戦に向かう。その陰でヴィルヘルミナはシャナ奪還計画を発動し……！

た-14-24　1720

灼眼のシャナ0
高橋弥七郎
イラスト／いとうのいぢ

ISBN4-8402-3050-1

その少女に名前はなかった。ただ「贄殿遮那のフレイムヘイズ」と呼ばれていた。少女の使命は、"紅世の徒" の討滅。いまはまだ、その隣に "ミステス" はいなかった――。

た-14-13　1101

灼眼のシャナS
高橋弥七郎
イラスト／いとうのいぢ

ISBN4-8402-3442-6

『弔詞の詠み手』マージョリー・ドー。「戦闘狂」と畏怖される彼女の過去が、今紐解かれる。吉田一美の姿を描いた「灼眼のシャナ セレモニー」も収録！

た-14-17　1269

電撃文庫

灼眼のシャナSⅡ
高橋弥七郎　イラスト／いとうのいぢ
コミック／笹倉綾人
ISBN978-4-04-867085-2

敵対した悠二とシャナ。二人がまだ通じ合っていた頃の物語『ドミサイル』、ヴィルヘルミナとフィレスの物語『ヤーニング』ほか、短編集『S』シリーズ第2弾！

た-14-22　1600

ウエスタディアの双星 真逆の英雄登場の章
小河正岳　イラスト／津雪
ISBN978-4-04-867060-9

敵国大艦隊来襲。国家の未曾有の危機に主だった者は逃げ出した。残ったのは不良軍人の青年とまだあどけなさが残る書記官だった。こんな二人が英雄になる！？

お-10-5　1545

ウエスタディアの双星2 幸運の女神（？）降臨の章
小河正岳　イラスト／津雪
ISBN978-4-04-867060-9

ウエスタディア存続をかけたラミアム大公国の征服。だが攻略期限は不可能としか思えない短さだった。しかも双星を待ち受けるのは防戦の名手ユリアヌスで！？

お-10-6　1597

ウエスタディアの双星3 世を忍ぶ将軍漫遊記の章
小河正岳　イラスト／津雪
ISBN978-4-04-867220-7

辺境の星系で暴れ回る海賊。バドエルはアルファーニを巻き込み退治に乗り出す。身分を明かせぬ事情があり、無名の一士官として指揮をとることになるのだが！？

お-10-7　1654

ウエスタディアの双星4 うら若き女王騒乱に立つの章
小河正岳　イラスト／津雪
ISBN978-4-04-867525-3

王子コルネリオが突然の帰国！？　王位を求める王子のせいで、ウエスタディア王国は二つに割れる事態に陥る。ついには諸侯連合軍と国軍の交戦にまで発展し！？

お-10-8　1724

好評の既刊本

別冊 図書館戦争 I

武器捨てラブコメ!
恋人同士の
熱い闘争が
特別書下ろし!

別冊 図書館戦争 II

「そして、続編、
あの人たちは?」
これにて遂に決着!!

本編シリーズで描かれなかった図書館員のその後を描く

ベタ甘全開スピンオフ♪

著/有川 浩　イラスト/徒花スクモ　定価：1,470円 ※定価は税込(5%)です。

電撃小説大賞

上遠野浩平(『ブギーポップは笑わない』)、
成田良悟(『バッカーノ!』)、有川 浩(『図書館戦争』)、
支倉凍砂(『狼と香辛料』)など
時代の一線を走る作家を送り出してきた「電撃小説大賞」。
今を新時代を切り開く才気あふれる新人を募集中!
想像力のエンターテイナーを目指す!

大賞............正賞+副賞 100万円
金賞............正賞+副賞 50万円
銀賞............正賞+副賞 30万円
電撃文庫MAGAZINE賞…正賞+副賞 20万円

新設! メディアワークス文庫賞

正賞+副賞 50万円

「メディアワークス文庫」とは7月スタートした、メディアワークスが満を持して贈る、大人向けのエンターテインメント新文庫レーベル。第16回電撃小説大賞から新規部門として上記メディアワークス文庫賞を設立。2009年度の受賞発表です。既存の枠組みを一新した、新しいタイプの作品をお待ちます。ご期待ください!

選考をお知らせします!

1次選考以上を通過した方々に選評をお送りします! また最終選考まで残った方には、応募原稿についてアドバイスをいたします!

※詳しい応募要項は公式ホームページ(http://asciimw.jp)で。